Mary Higgins Clark
Le Billet gagnant
et deux autres nouvelles

Traduit de l'anglais par
Anne Damour

Présentation, notes, questions et après-texte établis par
Nathalie Gonnard
professeur de Lettres

Sommaire

PRÉSENTATION
Le polar, un genre infréquentable ? 5

Le Billet gagnant
Texte intégral 9

Meurtre à Cape Cod
Texte intégral 35

Le Cadavre dans le placard
Texte intégral 91

Après-texte

POUR COMPRENDRE
Étapes 1 à 8 (questions) 146

GROUPEMENT DE TEXTES
Le roman policier : aux racines du genre 160

INFORMATION/DOCUMENTATION
Bibliographie, centre de documentation, Internet 166

Présentation

LE POLAR, UN GENRE INFRÉQUENTABLE ?

Le roman policier a longtemps eu mauvaise réputation : accusé par les uns d'être mal écrit, par les autres d'être violent et immoral, de flatter les bas instincts de l'humanité, ou encore d'avoir pour unique sujet la mort de l'homme – mais une mort triviale, dénuée de toute grandeur tragique –, celui que l'on surnomme familièrement le « polar » a été relégué par la critique au rang de sous-littérature, reclus dans le ghetto méprisé des littératures populaires, de pur divertissement. Cependant, depuis le début des années 1970, ces reproches se sont estompés, non qu'ils aient toujours été infondés, mais parce que l'évolution du genre les a rendus caduques.

Il est apparu en effet que les auteurs de romans policiers peuvent eux aussi manier la langue avec virtuosité ou, au minimum, viser à une écriture efficace, tout entière destinée à mettre le lecteur « sous tension » – et cette efficacité n'implique pas une écriture bâclée. En outre, leurs personnages sont dotés d'une épaisseur psychologique à même d'éviter tout manichéisme : loin des stéréotypes, leur profil nuancé permet une exploration fine des zones troubles de la nature humaine. Enfin, ces romanciers savent tout simplement séduire par le biais d'une intrigue solidement charpentée, qui maintient l'attention du lecteur.

À ce jeu, Mary Higgins Clark se révèle particulièrement douée. Peut-être est-ce lié à ses origines : née en 1929 dans une famille

Présentation

d'origine irlandaise, elle en revendique l'influence littéraire – « les Irlandais sont des conteurs-nés », dit-elle. Pourtant, le trajet fut long avant qu'elle ne devienne écrivain : la mort prématurée de son père, alors qu'elle n'a que dix ans, la dissuade de poursuivre plus avant ses brillantes études, et la pousse très tôt à devenir secrétaire dans une agence de publicité. Trois ans plus tard, mue par le même souci d'aider sa famille, elle s'engage durant un an comme hôtesse de l'air, avant d'épouser Warren Clark. Commence alors la grande aventure de l'écriture : elle rédige de nombreuses nouvelles et, si elle essuie refus sur refus de la part des éditeurs, s'obstine dans cette voie, inlassablement. La mort de son mari, en 1964, et l'obligation d'élever seule ses cinq enfants mettent un frein à ses ambitions littéraires ; il lui faut attendre 1975 pour que ses efforts soient enfin récompensés. Avec la publication très remarquée de *La Maison du guet* (*Where are the children?*), l'aventure Mary Higgins Clark commence.

Dès lors, elle enchaîne les succès, au point d'être l'auteur le plus vendu aux États-Unis. En 1980, en France, elle obtient le Grand Prix de la littérature policière pour *La Nuit du renard*, roman devenu un classique de la littérature à suspense. Celle que l'on a surnommée la « reine du crime » mène aujourd'hui une vie paisible au milieu des siens, à mille lieues des *scenarii* machiavéliques qui continuent à germer dans son esprit, pour le plus grand plaisir des lecteurs. À votre tour de vous laisser piéger !

Mary Higgins Clark
Le Billet gagnant
et deux autres nouvelles

LE BILLET GAGNANT

Si Wilma Bean n'avait pas rendu visite à sa sœur Dorothy à Philadelphie, il ne serait rien arrivé. Sachant que sa femme aurait regardé les résultats du tirage à la télévision, Ernie serait rentré directement chez lui à minuit, en quittant son poste de gardien au centre commercial de Paramus dans le New Jersey, et ils auraient fêté l'événement ensemble. Deux millions de dollars ! C'était leur part de la tranche spéciale[1] de Noël !

Au lieu de quoi, parce que Wilma était partie voir sa sœur avant les fêtes de Noël, Ernie s'était arrêté au Friendly Shamrock, le bar des Irlandais, pour écluser[2] un ou deux verres, puis il avait terminé la soirée à l'Harmony Bar, situé à six rues de leur maison d'Elmwood Park. Là, avec un geste enjoué à l'adresse de Lou, propriétaire et barman de l'endroit, il avait commandé son troisième whisky-soda de la soirée, enroulé ses grosses jambes de sexagénaire autour du tabouret, et s'était mis à imaginer comment Wilma et lui allaient dépenser leur nouvelle fortune.

C'est alors que ses yeux au regard bleu délavé avaient repéré Loretta Fleur d'Artichaut, perchée sur un tabouret à l'extrémité du bar contre le mur, une chope de bière dans une main, une Marlboro dans l'autre. Loretta était particulièrement attirante ce soir-là. Ses cheveux blond vénitien tombaient en cas-

---

1. Super cagnotte.
2. Boire (fam.).

cade sur ses épaules, son rouge à lèvres framboise mettait en valeur ses grands yeux verts soulignés d'une ombre violette, et sa poitrine généreuse s'élevait et s'abaissait avec une régularité toute sensuelle.

Ernie contempla Loretta avec une admiration presque distraite. Il était de notoriété publique que son mari, Jimbo Potters, un camionneur du genre malabar[1], se montrait très fier du passé de danseuse de sa femme et qu'il était d'une jalousie féroce. On racontait même qu'il lui arrivait de la frapper si elle se montrait trop aimable envers les autres hommes.

Mais Lou, le barman, était son cousin et Jimbo acceptait exceptionnellement que Loretta vienne passer un moment au bar les soirs où il était obligé de s'absenter pour une destination éloignée. Après tout, c'était un endroit respectable, fréquenté par les gens du voisinage. Beaucoup de femmes y venaient avec leur mari, et comme Loretta le soulignait volontiers : « Jimbo ne s'imagine quand même pas que je vais me planter toute seule devant la télé ou assister à des réunions Tupperware[2] chaque fois qu'il transporte ses têtes d'ail ou ses régimes de bananes sur la nationale 1. Je suis une enfant de la balle[3], née dans une famille d'artistes, et j'ai besoin de compagnie. »

Sa carrière dans le show-business était le sujet de conversation préféré de Loretta, et elle avait tendance à en rajouter au

---

1. Costaud (argot).
2. Réunions organisées chez des particuliers, depuis les années 1950, par le célèbre vendeur de récipients en plastique à usage alimentaire.
3. Enfant de comédiens.

cours des années. C'est aussi pourquoi elle se faisait appeler Fleur d'Artichaut, de son nom de scène, bien que son nom légal fût Mme Jimbo Potters.

Dans le halo de lumière que diffusait la suspension[1], imitation Tiffany[2], au-dessus du comptoir éraflé du bar, Ernie admirait donc en silence Loretta, dont il trouvait la silhouette drôlement sexy malgré ses cinquante-cinq ans. Mais ce n'était pas elle qui emplissait ses pensées ce soir. Le billet de loterie qu'il avait épinglé à son maillot de corps lui tenait chaud au cœur. Comme un feu intérieur. Deux millions de dollars. Ce qui signifiait deux cent mille dollars par an moins les impôts pendant vingt ans. Ils verraient arriver le XXIe siècle sans se faire de bile. Et à ce moment-là, peut-être même pourraient-ils s'offrir un voyage sur la Lune.

Ernie tenta de se représenter l'expression de Wilma lorsqu'elle apprendrait la bonne nouvelle. La sœur de Wilma, Dorothy, n'avait pas la télévision et écoutait rarement la radio, si bien que Wilma, à Philadelphie, ignorait sûrement en ce moment précis qu'elle était riche. Dès l'instant où il avait appris la nouvelle sur sa radio portative, Ernie avait été tenté de se précipiter au téléphone pour prévenir Wilma, mais il s'était ravisé. Ce serait plus excitant de le lui annoncer de vive voix.

À présent, son visage rond plissé comme une crêpe de la Chandeleur, Ernie souriait aux anges en imaginant le retour de

---

1. Le lustre.
2. Du nom de Louis Comfort Tiffany (1848-1933), céramiste et verrier célèbre pour ses œuvres de style Art nouveau.

Wilma le lendemain. Il irait la chercher à la gare de Newark. Elle lui demanderait si leur numéro approchait du numéro gagnant. « Est-ce qu'on a deux bons numéros ? Trois ? » Il lui répondrait qu'ils n'en avaient pas un seul dans la combinaison gagnante. Puis, une fois à la maison, elle trouverait ses collants suspendus à la cheminée, comme à l'époque où ils étaient jeunes mariés. Wilma portait des bas et des jarretelles, alors. Aujourd'hui, elle mettait des collants de la taille 48 et il lui faudrait fouiller jusqu'au bout du pied pour en retirer le billet. Il lui dirait : « Continue de chercher, attends d'avoir trouvé la surprise. » Il imaginait la scène, le cri qu'elle pousserait en jetant ses bras autour de son cou.

Wilma était un beau brin de fille lorsqu'ils s'étaient mariés quarante ans auparavant. Elle avait conservé son joli visage et ses cheveux d'un blond platine ondulaient naturellement. Pas le genre danseuse comme Loretta, mais Ernie la trouvait à son goût. Elle se mettait quelquefois en rogne parce qu'il levait un peu trop souvent le coude[1] avec ses copains, mais dans l'ensemble c'était une chic fille. Et, bon sang, ils allaient passer un sacré Noël cette année ! Peut-être l'emmènerait-il chez Fred le Fourreur pour lui acheter un manteau en mouton doré ou un truc de ce genre.

Anticipant le plaisir qu'il éprouverait bientôt à faire des largesses, Ernie commanda son quatrième whisky-soda. C'est alors que son attention fut attirée par l'étrange manège de

---

1. Il buvait trop souvent.

Le Billet gagnant

Loretta. Toutes les deux ou trois minutes, elle posait sa cigarette dans un cendrier, sa chope de bière sur le bar, et elle se grattait vigoureusement la paume, les doigts et le dos de la main droite avec sa main gauche aux ongles effilés. Ernie remarqua que sa main droite était enflammée, gonflée et couverte de marques rouges à l'aspect inquiétant.

Il se faisait tard et les clients quittaient peu à peu le bar. Le couple assis à côté d'Ernie et à la droite de Loretta se leva. Voyant qu'Ernie l'observait, Loretta haussa les épaules. « Sumac[1] vénéneux, expliqua-t-elle. Qui pourrait imaginer qu'on trouve cette saloperie en décembre ? Mon imbécile de belle-sœur, la sœur de Jimbo, a décrété qu'elle avait les doigts verts[2] et demandé à son abruti de mari de lui construire une serre près de la cuisine. Et qu'est-ce qu'elle y fait pousser ? Du sumac vénéneux et des mauvaises herbes. Il faut le faire ! »

Loretta haussa les épaules et reprit sa chope et sa cigarette. « Et toi, Ernie, comment va ? Quoi de neuf dans ton existence ? »

Ernie resta prudent. « Pas grand-chose. »

Loretta soupira. « Dans la mienne non plus. Jimbo et moi on fait des économies pour se tirer d'ici l'an prochain, quand il prendra sa retraite. Tout le monde me dit que Fort Lauderdale[3] est un endroit super. Ça fait des années que Jimbo se crève à amasser du fric au volant de son bahut[4]. Je passe mon temps à

---

1. Arbrisseau originaire des États-Unis et du Japon, appelé également « herbe à puce » ; son contact provoque des démangeaisons à certaines saisons.
2. Qu'elle était habile à prendre soin des plantes.
3. Ville située sur la côte est de la Floride, renommée pour sa station balnéaire.
4. Véhicule (argot).

lui dire que je pourrais mettre du beurre dans les épinards en travaillant comme serveuse, mais il devient fou à l'idée qu'un type pourrait me faire du gringue[1]. » Loretta se frotta vigoureusement la main contre son bras et secoua la tête. « Tu te rends compte, après vingt-cinq ans, Jimbo est persuadé que tout le monde me court après ! C'est plutôt flatteur, mais ça pose aussi de foutus problèmes. » Elle soupira, comme si tout le poids de l'univers pesait sur ses épaules. « Jimbo est le mec le plus passionné que j'aie jamais rencontré et ça en dit long. Mais comme le disait ma mère, une nuit au lit est encore plus agréable avec un portefeuille bien garni sous le matelas.

– Ta mère parlait comme ça ? » Cette expression frappée au bon sens de la sagesse populaire amusa Ernie. Il entama lentement son quatrième whisky-soda.

Loretta hocha la tête. « Elle prenait la vie du bon côté, mais elle avait son franc-parler. Peu importe. Peut-être qu'un jour je gagnerai à la loterie. »

La tentation fut trop forte. Ernie se glissa par-dessus les deux tabourets vides aussi agilement que son corps alourdi le lui permettait. « Dommage que t'aies pas ma chance », chuchota-t-il.

Tandis que Lou s'écriait : « Dernière tournée, les enfants », Ernie se tapota la poitrine à l'endroit du cœur.

« Comme on dit, Loretta, j'ai touché le gros lot. Y avait seize billets gagnants pour la tranche spéciale de Noël et j'en ai un accroché sous ma chemise. » Ernie se rendit compte qu'il avait

---

[1]. Me faire la cour (pop).

la bouche passablement pâteuse. D'une voix étouffée, il murmura : « *Deux millions de dollars !* Qu'est-ce que t'en dis ? » Il mit un doigt sur ses lèvres, accompagnant son geste d'un clin d'œil.

Loretta laissa tomber sa cigarette et la laissa brûler sur le comptoir du bar déjà sérieusement abîmé. « Tu te fiches de moi.
– Pas du tout. » Il avait du mal à articuler à présent. « Wilma et moi on joue toujours le même numéro. 1-9-4-7-5-2. 1947 parce que c'est l'année où j'ai eu mon bac. 52, parce que c'est l'année de la naissance de la petite Willie. » Son sourire triomphant témoignait de sa sincérité. « Le plus marrant, c'est que Wilma le sait même pas. Elle est partie chez sa frangine Dorothy et ne reviendra que demain. »

Cherchant son portefeuille, Ernie demanda l'addition. Lou s'approcha et regarda Ernie se lever et vaciller sur le sol qui semblait soudain tanguer sous ses pieds. « Ernie, attends un peu, dit-il. T'es complètement beurré. Je te reconduirai chez toi après la fermeture. T'auras qu'à laisser ta voiture ici. »

L'air offensé, Ernie se dirigea vers ce qu'il prenait pour la sortie. Lou insinuait qu'il était bourré. Quel culot. Il ouvrit la porte des toilettes pour dames et s'installa sur le siège avant d'avoir réalisé son erreur.

Sautant à bas de son tabouret, Loretta dit précipitamment : « Lou, je vais le reconduire. Il habite à deux rues de chez moi. »

Le front décharné de Lou se plissa. « Jimbo verrait pas ça d'un bon œil.

– T'as qu'à pas lui dire. » Ils observèrent Ernie qui sortait en titubant des toilettes. « Bon Dieu, tu ne crois tout de même pas qu'il va essayer de me draguer ! »

Lou finit par accepter. « Tu me rends service, Loretta. Mais pas un mot à Jimbo, hein ? »

Loretta laissa échapper un rire rauque. « J'ai pas l'intention de perdre mes nouvelles dents. J'en ai encore pour un an à les payer. »

Quelque part derrière lui, Ernie entendit vaguement un bruit de voix et de rires. Tout à coup il se sentit vraiment patraque. Les motifs géométriques du sol se mirent à danser, comme un tourbillon de taches qui valsaient devant ses yeux, lui donnant la nausée. « Je vais te déposer, Ernie. » Au milieu du tumulte qui emplissait ses oreilles, Ernie reconnut la voix de Loretta.

« Drôlement sympa de ta part, bafouilla-t-il. J'ai dû un peu trop fêter l'événement. » Il entendit confusément Lou l'inviter à boire un verre quand il reviendrait chercher sa voiture.

Dans la vieille Pontiac de Loretta, Ernie renversa sa tête contre le dossier et ferma les yeux. C'est seulement en sentant Loretta le secouer pour le réveiller qu'il se rendit compte qu'ils étaient arrivés devant chez lui. « File-moi ta clé, Ernie. Je vais t'aider à entrer. »

Passant le bras d'Ernie autour de ses épaules, elle le soutint pendant qu'ils longeaient l'allée. Ernie entendit le bruit de la clé dans la serrure, se rendit vaguement compte qu'il traversait le séjour après avoir franchi l'entrée.

« C'est laquelle ?

Le Billet gagnant

— Quelle quoi ? » Il avait du mal à remuer les lèvres.
« Quelle chambre ? » La voix de Loretta avait un ton impatient. « Allons, Ernie, t'es pas particulièrement léger. Oh, laisse tomber. C'est sûrement l'autre pièce. Celle-ci est remplie des statues d'oiseaux que fabrique ta fille. Même un asile de fous n'en voudrait pas pour sa tombola. Personne est assez cinglé. »
Ernie en voulut instinctivement à Loretta de dénigrer[1] sa fille, Wilma junior, la petite Willie, comme il l'appelait. Elle avait un véritable talent. Un jour elle deviendrait un sculpteur célèbre. Elle s'était installée au Nouveau-Mexique depuis qu'elle avait abandonné ses études, en 1968, et elle gagnait sa vie en travaillant le soir comme serveuse dans un McDonald's. Durant la journée, elle faisait de la poterie et sculptait des oiseaux.
Ernie sentit qu'il pivotait sur lui-même, qu'une main le poussait. Ses genoux fléchirent et il entendit le grincement familier des ressorts du sommier. Avec un soupir de gratitude, il s'allongea de tout son long et perdit conscience.

Wilma Bean et Dorothy avaient passé une journée agréable. Wilma appréciait la compagnie de sa sœur aînée à petites doses. Âgée de soixante-trois ans, Dorothy avait cinq ans de plus qu'elle. Le seul ennui, c'était qu'elle avait des idées très arrêtées et critiquait ouvertement Ernie et Willie, ce qui agaçait prodigieusement Wilma. Mais elle avait pitié de sa sœur. Son mari l'avait plaquée dix ans plus tôt, et il vivait aujourd'hui comme

---

1. Critiquer.

un pacha avec sa deuxième femme, un professeur de karaté. En outre, Dorothy et sa belle-fille s'entendaient mal. Dorothy travaillait encore à mi-temps dans le service des sinistres[1] d'une compagnie d'assurances et elle déclarait souvent à Wilma : « Je suis la reine pour dépister les fausses déclarations. »

On les prenait rarement pour deux sœurs. Comme le faisait remarquer Ernie, Dorothy était longue comme un haricot et plate comme une planche à pain, avec des cheveux gris qu'elle portait serrés en chignon sur la nuque. Ernie disait toujours qu'elle aurait fait une parfaite Carrie Nation, la championne de la ligue antialcoolique ; il l'imaginait très bien avec une hachette à la main. Wilma savait que Dorothy avait toujours été jalouse d'elle parce qu'elle était la plus jolie des deux sœurs, et qu'elle avait peu changé en dépit de son embonpoint, gardant un visage sans rides. Mais les liens du sang comptaient pour Wilma et un week-end à Philadelphie tous les trois ou quatre mois, surtout à l'époque des vacances, était toujours agréable.

L'après-midi du tirage de la loterie, donc, Dorothy alla chercher Wilma à la gare. Elles déjeunèrent tard dans un Burger King puis visitèrent en voiture le quartier qu'avait habité Grace Kelly. Toutes les deux avaient été des fans de l'actrice. Après avoir décrété que le prince Albert devrait se marier, que la princesse Caroline s'était assagie et qu'on devrait boucler la prin-

---

[1]. Des événements catastrophiques qui occasionnent des dégâts (incendie, naufrage, inondation...).

cesse Stéphanie dans un couvent pour lui apprendre les bonnes manières, elles allèrent au cinéma avant de rentrer. Dorothy avait fait cuire un poulet et elles bavardèrent pendant le dîner jusque tard dans la soirée.

Dorothy se plaignit auprès de Wilma que sa belle-fille n'eût aucune idée de la façon dont il faut éduquer les enfants et n'acceptât pas le moindre conseil.

« Au moins as-tu des petits-enfants, soupira Wilma. Pas de bouquet de la mariée en vue pour notre petite Willie. Elle a donné son cœur à sa carrière de sculpteur.

– Quelle carrière de sculpteur ? demanda sèchement Dorothy.

– Si seulement nous avions les moyens de lui payer un bon professeur, continua Wilma, préférant ignorer l'insinuation[1].

– Ernie ne devrait pas encourager Willie dans cette voie, décréta Dorothy. Tu devrais lui dire de ne pas faire un tel plat de cette camelote[2] qu'elle vous envoie. Votre maison ressemble à une volière d'asile de fous. À propos, comment va Ernie ? J'espère que tu l'empêches d'aller au bistrot. Retiens ce que je te dis. Il a tous les symptômes du futur alcoolique. Avec cette couperose[3] sur le nez. »

Wilma songea aux cartons que leur avait envoyés Willie quelques jours auparavant. Ils portaient l'inscription : « Ne pas ouvrir avant Noël », et étaient accompagnés d'une lettre.

---
1. L'allusion, le sous-entendu.
2. Marchandise de mauvaise qualité (fam.).
3. Inflammation cutanée, caractérisée par la présence de pustules rosées sur le visage.

« Maman, attends un peu d'avoir vu ça. Je me suis attaquée aux perroquets et aux paons. » Wilma se souvint aussi de la fête de fin d'année donnée pour le personnel du centre commercial, l'autre soir, quand Ernie avait trop bu et pincé les fesses d'une serveuse.

Même si sa sœur avait raison au sujet du penchant d'Ernie pour la bouteille, elle n'en fut pas moins furieuse d'être mise en face de la réalité. « Peut-être qu'Ernie perd un peu les pédales quand il a un verre de trop dans le nez, mais tu as tort en ce qui concerne notre petite Willie. Elle a un réel talent et le jour où j'aurai fait fortune, je l'aiderai à le prouver. »

Dorothy se servit une autre tasse de thé. « Je suppose que tu gaspilles toujours autant d'argent en billets de loterie.

— Et comment ! s'exclama Wilma avec entrain[1], décidée à garder sa bonne humeur. Ce soir c'est la tranche spéciale de Noël. Si j'étais à la maison, je serais rivée devant la télévision, les doigts croisés.

— Je trouve ridicule cette manie de toujours jouer les mêmes numéros. 1-9-4-7-5-2. Je comprends qu'on prenne la date de naissance d'un enfant, mais choisir l'année où Ernie a eu son bac... c'est ridicule. »

Wilma n'avait jamais avoué à Dorothy qu'Ernie avait mis six ans à terminer ses études secondaires et que sa famille avait invité tout le quartier à célébrer son diplôme. « La plus belle

---

1. **Vivacité et bonne humeur.**

fête à laquelle j'aie jamais assisté, disait-elle souvent à Dorothy, le visage rayonnant à ce souvenir. Même le maire est venu. »

Quoi qu'il en soit, Wilma aimait cette combinaison de chiffres et elle était convaincue qu'elle leur rapporterait une grosse somme d'argent un jour ou l'autre. Après avoir souhaité le bonsoir à Dorothy, essoufflée par l'effort qu'elle avait fourni pour préparer le canapé transformable où elle dormait, Wilma se dit que sa sœur devenait de plus en plus acariâtre[1] en vieillissant. Elle ne cessait de récriminer[2], et il n'était pas étonnant que sa belle-fille la traitât de vieille emmerdeuse.

Le lendemain à midi, Wilma descendit du train à Newark. Ernie devait venir la chercher. En se dirigeant vers leur point de rendez-vous habituel, près de l'entrée principale, elle s'inquiéta de trouver à sa place Ben Gump, leur voisin.

Elle se précipita vers lui, son ample silhouette tendue par l'inquiétude. « Que se passe-t-il ? Où est Ernie ? »

Le mince visage de Ben s'éclaira d'un sourire rassurant. « Tout va bien, Wilma. Ernie s'est réveillé un peu grippé ou je ne sais quoi. Il m'a demandé d'aller vous chercher. Ça me dérangeait pas, parce que j'avais rien à faire qu'à regarder l'herbe pousser. » Ben s'esclaffa en énonçant cette plaisanterie dont il avait fait son slogan depuis qu'il était à la retraite.

« Grippé, fit Wilma. Tu parles ! »

---

1. Désagréable.
2. Critiquer.

Ernie était un homme plutôt calme et il tardait à Wilma de se retrouver tranquillement chez elle. Au petit déjeuner, sachant qu'elle allait perdre son auditoire, Dorothy n'avait cessé de parler, débitant un torrent de remarques acerbes[1] à vous donner la migraine.

Excédée par l'allure d'escargot de Ben et ses histoires interminables, Wilma trompa son ennui en songeant au plaisir qu'elle prendrait à chercher dans le journal les résultats de la loterie. 1-9-4-7-5-2, 1-9-4-7-5-2, se répétait-elle en son for intérieur[2]. C'était stupide. Le tirage avait déjà eu lieu et elle n'en continuait pas moins à avoir une sorte d'heureux pressentiment. Ernie lui aurait téléphoné, bien sûr, s'ils avaient gagné, ou s'ils avaient frôlé le numéro gagnant, avec trois ou quatre bons numéros signifiant que la chance était en train de tourner en leur faveur.

Elle remarqua que la voiture n'était pas dans l'allée du garage et en devina la raison. Elle était probablement restée devant l'Harmony Bar. Wilma parvint à se débarrasser de Ben Gump à la porte, le remerciant chaleureusement d'être venu la chercher mais ignorant ses allusions sur les bienfaits d'une bonne tasse de café. Puis elle alla directement à leur chambre. Comme elle s'y attendait, Ernie était au lit, les couvertures remontées jusqu'au menton. Un seul coup d'œil lui suffit pour se rendre compte qu'il avait une gueule de bois carabinée. « Quand le

---

1. Agressives, blessantes.
2. En elle-même.

chat est parti, les souris dansent, soupira-t-elle. J'espère que tu as la tête comme un ballon ! »

Dans son irritation, elle renversa le pélican d'un mètre de haut que Willie leur avait envoyé pour Thanksgiving[1] et qui était perché sur la table près de la porte de la chambre. En tombant bruyamment sur le plancher, l'oiseau entraîna avec lui le poinsettia[2] en pot que Wilma avait acheté pour Noël.

À bout de patience, elle ramassa les morceaux du pot, arrangea la plante tant bien que mal et remit en place le pélican auquel manquait désormais une aile.

Mais sa bonne humeur naturelle reprit le dessus à la pensée du moment magique où elle apprendrait peut-être que leur combinaison approchait du numéro gagnant, qu'ils avaient été à deux doigts de gagner. Elle se prépara une tasse de café et un toast avant de s'installer à la table de la cuisine et d'ouvrir le journal.

Seize heureux gagnants se partagent un montant total de trente-deux millions de dollars, titrait le quotidien.

Seize heureux gagnants. Oh, être l'un d'eux ! Wilma posa la paume de sa main sur la combinaison gagnante et la fit glisser lentement. Elle lirait les numéros un chiffre après l'autre. C'était plus amusant.

---

1. Fête traditionnelle célébrée aux États-Unis le dernier jeudi de novembre. À cette occasion, on loue le ciel et les Indiens d'avoir permis aux premiers pèlerins venus d'Angleterre, au XVIIe siècle, de vivre sur le sol américain grâce aux bonnes récoltes.
2. Plante d'intérieur, au feuillage coloré, également surnommée « étoile de Noël », associée en Amérique du Nord aux célébrations de Noël.

1-9-4-7-5...

Wilma retint son souffle. Le sang battait à ses tempes. Était-ce possible ? Dans un dernier geste, presque douloureux, elle retira sa main et découvrit le dernier chiffre : 2.

Son hurlement et le fracas de la chaise renversée firent se dresser Ernie dans son lit. Le jour du Jugement dernier était arrivé.

Wilma se rua dans la chambre, le visage pétrifié. « Ernie, pourquoi n'as-tu rien dit ? Donne-moi le billet. »

La tête d'Ernie s'affaissa sur sa poitrine. Sa voix ne fut plus qu'un murmure étouffé. « Je l'ai perdu. »

Loretta savait que c'était inévitable. Pourtant, la vue de Wilma Bean remontant l'allée poudrée de neige et suivie par un Ernie réticent, à l'air accablé, déclencha chez elle un moment de pure panique. Du calme, se dit-elle. Ils n'ont aucun argument. Elle avait complètement brouillé les pistes, se rassura-t-elle en les voyant gravir les marches entre les deux ifs qu'elle avait ornés de décorations de Noël. Son scénario était en béton. Elle avait raccompagné Ernie jusqu'à la porte de sa maison. Tout le monde connaissait la jalousie du grand Jimbo à son égard et savait que jamais Loretta n'aurait franchi le seuil de la maison d'un autre homme hors de la présence de sa femme.

Lorsque Wilma l'interrogerait à propos du billet, Loretta répondrait : « Quel billet ? » Ernie n'avait *jamais* fait allusion au moindre billet devant elle. Il n'était pas en état d'articuler deux mots de suite. Il n'y avait qu'à demander à Lou, Ernie était

Le Billet gagnant

complètement pété après deux verres. Il s'était probablement arrêté dans un autre bar auparavant.

Loretta avait-elle acheté un billet pour la tranche spéciale de Noël ? Bien sûr. Plusieurs même. Wilma désirait-elle les voir ? Chaque semaine, quand elle y pensait, elle en achetait un ou deux. Jamais au même endroit. Soit chez le marchand de spiritueux, soit à la papeterie. Pour tenter la chance. Toujours des numéros qui lui venaient à l'esprit par hasard.

Loretta se gratta méchamment la main droite. Saloperie de sumac. Elle avait soigneusement caché le bille numéroté 1-9-4-7-5-2 dans le sucrier de son beau service en porcelaine. On avait un délai d'un an pour réclamer son gain. Ce laps de temps écoulé, elle le retrouverait « par hasard ». Wilma et Ernie pourraient toujours clamer qu'il leur appartenait.

La sonnerie retentit. Loretta tapota ses cheveux blonds bouclés, arrangea les épaulettes rembourrées de son cardigan rehaussé de sequins[1] et se hâta vers la petite entrée. En ouvrant la porte, elle plaqua un sourire sur ses lèvres, oubliant qu'elle s'efforçait de sourire le moins possible depuis quelque temps. Quelques rides apparaissaient déjà sur son visage. Un problème héréditaire. À soixante ans sa mère ressemblait à une vieille pomme ratatinée. « Wilma, Ernie, quelle bonne surprise ! s'exclama-t-elle. Entrez, entrez donc. »

Loretta décida d'ignorer que ni l'un ni l'autre ne la saluèrent,

---

1. Pièces dorées.

qu'ils ne se soucièrent pas d'essuyer la neige de leurs chaussures sur le paillasson de l'entrée qui portait une inscription à cet effet, qu'ils restèrent de marbre face à son accueil.

Wilma déclina son invitation à s'asseoir, refusa thé et bloody mary[1]. Elle exposa clairement les faits. Ernie avait été en possession d'un billet d'une valeur de deux millions de dollars. Il l'avait raconté à Loretta à l'Harmony Bar. Loretta l'avait raccompagné en voiture, l'avait aidé à monter dans sa chambre. Ernie avait perdu conscience et le billet s'était volatilisé.

En 1945, avant de devenir danseuse professionnelle, Loretta avait suivi des cours de comédie à la Sonny Tufts School. Se fondant sur cette expérience lointaine, elle joua avec application et sincérité le scénario qu'elle avait mis au point à l'intention de Wilma et d'Ernie. Ernie ne lui avait jamais soufflé mot du billet. Elle l'avait simplement raccompagné chez lui pour lui rendre service ainsi qu'à Lou. Lou ne pouvait pas quitter son bar, et de toute manière c'était un minable même pas foutu de demander à Ernie les clés de sa voiture. « En tout cas, t'as pas dit non quand j'ai proposé de te reconduire, dit Loretta à Ernie d'un ton indigné. Je risquais ma vie à te ramener chez toi pendant que tu ronflais dans ma bagnole ! » Elle se tourna vers Wilma et de femme à femme lui rappela : « Tu connais la jalousie de Jimbo, cet imbécile. On dirait que j'ai seize ans pour lui. Pas question que je mette les pieds chez toi quand t'es pas là, Wilma. Quant à toi, Ernie, t'as pas mis longtemps à t'écrouler

---

[1]. Cocktail à base de vodka, de jus de tomate, de jus de citron et de tabasco.

au bar. Demande à Lou. Peut-être que tu t'es arrêté dans un autre bistrot avant, et peut-être que tu as parlé du billet à quelqu'un d'autre. »

Loretta se félicita secrètement en voyant le doute et la confusion se répandre sur leur visage. Ils partirent quelques minutes plus tard. « J'espère que vous le retrouverez. Je vais dire une prière », promit-elle pieusement. Elle s'excusa de ne pas leur serrer la main, leur racontant l'histoire du sumac vénéneux qui poussait dans la serre de son andouille de belle-sœur. « Venez prendre un verre avec nous pour les fêtes, ajouta-t-elle avec empressement. Jimbo rentrera à quatre heures de l'après-midi, la veille de Noël. »

De retour chez eux, assise l'air abattu devant une tasse de thé, Wilma déclara : « Elle ment. Je sais qu'elle ment mais comment le prouver ? Quinze gagnants se sont déjà présentés. Il en reste un et il a un an pour réclamer son dû. » Des larmes de rage roulaient sur ses joues sans qu'elle s'en aperçoive. « Elle s'arrangera pour faire savoir à la terre entière qu'elle achète un billet de temps en temps, ici ou là. Et ça pendant cinquante et une semaines, et ensuite, bingo, elle retrouvera ce billet qu'elle avait soi-disant complètement oublié. »

Ernie contemplait sa femme d'un air piteux. Voir Wilma en larmes était un spectacle inhabituel. Son visage était boursouflé, son nez coulait. Il voulut lui tendre un mouchoir et heurta maladroitement l'oiseau de paradis en céramique qui était posé sur la commode derrière lui. Le bec de l'oiseau se brisa en mille morceaux sur les carreaux en faux marbre de la cuisine, redoublant les pleurs de Wilma.

« J'espérais tellement que Willie cesse de travailler la nuit dans ce McDo, qu'elle puisse faire des études d'art et devenir un grand sculpteur, sanglota-t-elle. Et mon rêve est à l'eau. »

Pour plus de certitude, ils allèrent au Friendly Shamrock, près du centre commercial de Paramus. Le barman qui travaillait dans la soirée leur confirma qu'Ernie était passé hier soir un peu avant minuit, avait bu deux ou peut-être trois verres, mais sans parler à personne. « Il est resté assis au bar avec un sourire béat, comme le chat qui vient d'avaler un canari. »

Après le dîner auquel ils ne touchèrent ni l'un ni l'autre, Wilma examina soigneusement le maillot de corps d'Ernie sur lequel l'épingle était encore accrochée. « Elle n'a même pas pris la peine de la défaire, dit Wilma avec amertume. Elle a juste arraché le billet.

– Nous pourrions peut-être lui faire un procès », suggéra Ernie. L'énormité de sa bêtise lui apparaissait à chaque minute plus grande. Comment avait-il pu se soûler à ce point, se confier à Loretta ?

Trop fatiguée pour lui répondre, Wilma ouvrit la valise qu'elle n'avait pas encore défaite et y chercha sa chemise de nuit en pilou[1]. « Bien sûr qu'on pourrait la poursuivre en justice, dit-elle d'un ton sarcastique[2]. Pour l'accuser d'avoir le cerveau

---

1. Coton pelucheux.
2. Méchamment moqueur.

Le Billet gagnant

qui fonctionne en face d'un pochard[1] comme toi. Maintenant éteins la lumière, dors et cesse de te gratter. Tu me rends folle ! »
Ernie se grattait la poitrine dans la région autour du cœur.
« Ça me démange », se plaignit-il.
Ces mots rappelèrent vaguement quelque chose à Wilma au moment où elle fermait les yeux. Mais elle était tellement épuisée qu'elle s'endormit presque sur-le-champ, d'un sommeil peuplé de billets de loterie qui flottaient dans l'air comme des flocons de neige. Les mouvements désordonnés d'Ernie la réveillèrent par intermittence. Il dormait comme un sonneur, d'habitude.

Vint la veille de Noël, grise et sans joie. Wilma se traînait dans la maison, disposant machinalement les cadeaux sous l'arbre, les deux cartons envoyés par Willie. S'ils n'avaient pas perdu ce billet, ils auraient pu lui téléphoner de venir les rejoindre. Sans doute ne serait-elle pas venue. Willie n'aimait pas le côté petit-bourgeois des banlieues résidentielles. Dans ce cas, Ernie aurait pu quitter son job et c'est eux qui seraient allés la retrouver en Arizona. Et Wilma aurait pu acheter le poste de télévision à écran géant qu'elle avait contemplé avec envie au Trader Horn, la semaine précédente. Pensez donc : JR[2] en un mètre de haut !
Bon. C'était l'histoire de Perrette et du pot au lait. Ou plu-

---

1. Ivrogne (fam.).
2. Héros de la série télévisée *Dallas*.

tôt du pot d'alcool. Ernie lui avait raconté qu'il avait eu l'intention de placer le billet dans son collant suspendu à la fausse cheminée s'il ne l'avait pas perdu. Wilma ne voulut pas imaginer la joie qu'elle aurait éprouvée en le trouvant caché là.

Elle se montra désagréable avec Ernie qui avait encore la gueule de bois et s'était fait porter malade pour le deuxième jour consécutif. Elle lui dit sèchement où il pouvait mettre son mal de tête.

Au milieu de l'après-midi, Ernie alla s'enfermer dans sa chambre. Inquiète, Wilma finit par aller l'y retrouver. Ernie était assis au bord du lit, torse nu, et il se grattait la poitrine en gémissant. « Ne t'inquiète pas, je vais bien, dit-il avec cette expression abattue qui semblait ne plus devoir le quitter. C'est juste que ça me démange horriblement. »

À peine soulagée qu'il n'ait pas tenté de se suicider, Wilma demanda d'un ton irrité : « Qu'est-ce qui te gratte comme ça ? C'est pas le moment de recommencer avec tes allergies. J'en entends assez parler pendant tout l'été. »

Elle examina de plus près sa peau irritée. « Bon sang, on dirait une allergie au sumac vénéneux ! Comment as-tu fait pour attraper ça ? »

Du sumac.

Ils se regardèrent, médusés. Wilma s'empara du maillot de corps d'Ernie posé sur le dessus de la commode. Elle l'avait laissé là, l'épingle de sûreté encore attachée, témoin silencieux et hostile de la stupidité d'Ernie. « Enfile-le, ordonna-t-elle.

– Mais…

Le Billet gagnant

– Je te dis de l'enfiler ! »

Il apparut tout de suite que l'inflammation était localisée à l'endroit précis où Ernie avait caché le billet.

« La garce ! » Wilma serra les mâchoires, redressa les épaules. « Elle a dit que le grand Jimbo serait chez lui vers quatre heures, hein ?

– Je crois, oui.

– Bon. Rien ne vaut un bon comité d'accueil. »

À trois heures trente, ils arrêtèrent la voiture devant la maison de Loretta. Comme ils s'y attendaient, le semi-remorque de Jimbo n'était pas encore arrivé. « Nous allons patienter ici pendant quelques minutes avant d'aller fiche les jetons[1] à cette voleuse », décréta Wilma.

Ils virent bouger les stores qui masquaient les fenêtres de la maison de Loretta. À quatre heures moins trois, Ernie pointa un doigt nerveux. « Là, au feu rouge. Voilà le camion de Jimbo.

– Allons-y », lui dit Wilma.

Loretta leur ouvrit la porte, un sourire crispé sur le visage. Avec une satisfaction perfide[2], Wilma nota qu'un tremblement nerveux agitait ses lèvres.

« Ernie, Wilma. Quel plaisir ! Entrez prendre un verre pour fêter Noël.

– Nous prendrons un verre plus tard. Et ce sera pour la res-

---

1. Faire peur (fam.).
2. Sournoise.

titution du billet de loterie à ses vrais propriétaires. Comment vont tes piqûres de sumac, Loretta ?

— Oh, ça commence à passer. Wilma, je n'aime pas beaucoup le ton de ta voix.

— Tant pis pour toi. » Wilma passa devant le canapé recouvert d'un tissu à carreaux noirs et rouges, s'approcha de la fenêtre et écarta le store. « Tiens, tiens. Quelle surprise ! Voilà le grand Jimbo en personne. J'imagine que deux tourtereaux[1] comme vous vont avoir envie de se peloter[2] tranquillement. Il va être furieux quand je vais lui dire que je t'attaque en justice parce que tu tournes autour de mon mari.

— Parce que quoi ? » Le rouge à lèvres violet de Loretta parut virer au brun tandis que son visage devenait d'une blancheur livide.

« Tu m'as très bien entendue. Et j'en ai la preuve. Ernie, ôte ta chemise. Montre tes boutons à cette voleuse de maris !

— Des boutons ? gémit Loretta.

— Des piqûres de sumac, exactement comme les tiennes. L'inflammation est contagieuse et tu la lui as refilée en glissant ta main sous sa chemise pour prendre le billet. Vas-y. Nie. Essaie de raconter à Jimbo que tu étais seulement en train de flirter avec Ernie.

— Tu mens. Sors d'ici. Ernie, n'enlève pas ta chemise. » Affolée, Loretta saisit la main d'Ernie.

---

1. Amoureux.
2. Se caresser (fam.).

Le Billet gagnant

« Bon Dieu, Jimbo est sacrément baraqué », dit Wilma avec admiration en le regardant descendre de son camion. Elle lui fit un signe de la main. « Une vraie armoire à glace. » Elle se retourna. « Enlève aussi ton pantalon, Ernie. » Wilma lâcha le store et alla vers Loretta. « Il en a aussi plus bas, murmura-t-elle.
– Oh, mon Dieu. Attends. Je vais te le rendre. Je vais te le rendre. N'enlève pas ton pantalon ! » Loretta se précipita vers la petite salle à manger et ouvrit rapidement le buffet qui contenait les dernières pièces du service en porcelaine de sa mère. Les doigts tremblants, elle saisit le sucrier. Il lui échappa des mains et se brisa sur le sol au moment où elle s'emparait du billet de loterie. La clé de Jimbo tournait dans la serrure. Loretta eut juste le temps de glisser le billet dans la main de Wilma. « Va-t'en maintenant. Et pas un mot. »

Wilma s'assit sur le canapé rouge et noir. « Ça ferait bizarre de se sauver comme ça. Ernie et moi on va prendre un verre avec vous deux pour fêter Noël. »

Il y avait des pères Noël sur les toits des maisons, des anges sur les pelouses, des guirlandes et des lampions autour des façades et des fenêtres. À l'approche de chez eux, Wilma fit remarquer avec un sourire radieux que leur quartier était vraiment chouette ainsi décoré. Lorsqu'ils eurent franchi le seuil de la porte, elle tendit le billet à Ernie. « Va le mettre dans mon collant, exactement comme tu avais l'intention de le faire. »

Ernie se rendit docilement dans leur chambre et choisit les collants préférés de Wilma, les blancs ornés d'une baguette en strass.

Wilma ouvrit son tiroir et en sortit une paire de chaussettes de laine écossaise grossièrement tricotées. Pendant qu'ils attachaient collants et chaussettes à la fausse cheminée, Ernie avoua : « Wilma, je n'ai pas de boutons. » Il baissa la voix. « Plus bas.
– Je sais, mais ça a marché. Et maintenant fourre le billet dans mes collants et je mettrai ton cadeau dans tes chaussettes.
– Tu m'as acheté un cadeau ? Après tous les ennuis que je t'ai causés ? Oh, Wilma !
– Je ne l'ai pas acheté. Je l'ai trouvé dans l'armoire à pharmacie et j'y ai noué un ruban. »
D'un air ravi, Wilma laissa tomber une bouteille de lotion calmante dans la chaussette écossaise d'Ernie.

BIEN LIRE
- Page 15 : Pourquoi Loretta parle-t-elle avec précipitation (l. 165) ?
- Page 34 : Pourquoi Wilma a-t-elle cet « air ravi » en déposant la fiole ? Son cadeau en est-il vraiment un ? Justifiez votre réponse.

MEURTRE À CAPE COD

C'est dans l'après-midi, peu après leur arrivée dans le bungalow qu'ils avaient loué pour le mois d'août à Dennis, petit village de Cape Cod[1], qu'Alvirah Meehan remarqua quelque chose d'étrange dans l'attitude de leur voisine, une jeune femme d'une maigreur pitoyable qui paraissait à peine âgée d'une trentaine d'années.

Après avoir jeté un rapide coup d'œil à la maison, appréciant le lit à baldaquin[2] en érable, les tapis au crochet, la cuisine aux couleurs vives et l'agréable brise chargée d'effluves[3] marins, Alvirah et Willy ôtèrent de leurs bagages Vuitton les vêtements achetés pour l'occasion. Willy servit ensuite deux bières bien fraîches qu'ils allèrent savourer sur la terrasse de la maison qui dominait la baie de Cape Cod.

Sa silhouette rebondie confortablement calée sur les coussins rembourrés d'une chaise longue en osier, Willy fit remarquer qu'ils allaient avoir un superbe coucher de soleil et, Dieu merci, jouir d'un peu de tranquillité. Il y a deux ans, ils avaient gagné quarante millions de dollars à la loterie de l'État de New York. Depuis, disait Willy en plaisantant, Alvirah avait joué les paratonnerres ambulants. Pour commencer, elle avait fait un séjour dans le fameux institut de remise en forme de Cypress Point[4],

---
1. Région touristique de l'état du Massachusetts, réputée pour ses magnifiques plages.
2. Lit entouré de colonnes couronnées de rideaux.
3. Odeurs.
4. Riche localité californienne, qui sert de cadre au premier roman dans lequel apparaît Alvirah (*Ne pleure pas ma belle*).

en Californie, et avait failli y perdre la vie. Puis ils étaient partis en croisière et – croyez-le ou non – l'homme qui était assis à côté d'eux à la table d'hôte de la salle à manger était tombé raide mort. Néanmoins, avec la sagesse accumulée au long de ses cinquante-neuf années, Willy était sûr qu'à Cape Cod, au moins, ils auraient la tranquillité dont il rêvait. Si Alvirah écrivait un article pour le *New York Globe* concernant ces vacances, il aurait trait au temps et à la pêche.

Assise à la table de pique-nique, non loin de la forme béatement[1] allongée de Willy, Alvirah l'écoutait parler. Elle se reprocha d'avoir oublié son chapeau de paille. La coloriste de Vidal Sassoon l'avait prévenue des méfaits du soleil sur ses cheveux. « Nous avons obtenu une si jolie teinte rousse, madame Meehan. Vous ne voudriez pas voir réapparaître ces vilains reflets jaunes, n'est-ce pas ? »

À peine remise de la tentative d'assassinat qui avait failli l'envoyer *ad patres*[2] pendant sa cure thermale, Alvirah avait regagné tout le poids qu'elle avait perdu au prix de trois mille dollars et retrouvé sa taille confortable 44-46. Mais Willy ne manquait jamais de faire remarquer qu'il aimait avoir la sensation de tenir une vraie femme entre ses bras – et non un de ces zombies étiques[3] qui hantent les magazines de mode qu'Alvirah se plaisait tant à lire et relire.

---

1. Avec une satisfaction niaise.
2. La tuer (du latin *ad*, « vers », et *patres*, « les ancêtres » : envoyer dans l'autre monde, rejoindre ses ancêtres).
3. Maigres.

Quarante ans à écouter affectueusement les remarques de Willy avaient appris à Alvirah à ne lui prêter qu'une seule oreille. Aujourd'hui, contemplant les paisibles villas perchées sur la butte de sable et d'herbe qui servait de digue[1], le miroir bleu-vert de l'eau en contrebas, l'étendue de la plage parsemée de rochers, elle se demanda avec inquiétude si Willy n'avait pas raison. Si superbe que soit Cape Cod, même si c'était un endroit dont elle avait toujours rêvé, elle n'y trouverait peut-être rien de sensationnel à raconter à son rédacteur en chef, Charley Evans.

Deux ans auparavant, Charley Evans avait envoyé un journaliste interviewer les Meehan sur leurs impressions après qu'ils eurent gagné quarante millions de dollars. Qu'allaient-ils en faire ? Alvirah était femme de ménage, Willy plombier. Continueraient-ils à travailler ? Alvirah avait sans hésitation répliqué au journaliste qu'elle n'était pas à ce point stupide. Que la prochaine fois qu'elle prendrait un balai, ce serait pour se déguiser en sorcière à une soirée des Chevaliers de Colomb[2]. Puis elle avait dressé la liste de tout ce qu'elle avait envie de faire, et en premier lieu venait un séjour à l'institut de remise en forme de Cypress Point – où elle ferait la connaissance des célébrités dont elle lisait les faits et gestes avec passion.

Charley Evans, le rédacteur en chef du *Globe*, lui avait alors proposé d'écrire un article sur son séjour à Cypress Point. Il lui

---
1. Construction retenant les eaux.
2. Ordre de l'Église catholique, présent au Canada, aux États-Unis, au Mexique, aux Philippines et aux Antilles.

avait donné une broche en forme de soleil où était dissimulé un micro lui permettant d'enregistrer les personnes qu'elle côtoierait[1] et d'écouter la bande sur un magnétophone pour rédiger son article.

Un sourire éclaira le visage d'Alvirah au souvenir de sa broche.

Comme le disait Willy, elle s'était fourrée dans un sacré pétrin à Cypress Point. Elle avait découvert le pot aux roses[2] et failli se faire assassiner pour la peine. Mais l'expérience avait été terriblement excitante ; elle s'était liée avec tout le monde à l'institut et pouvait désormais y faire une cure gratuite chaque année. Et parce qu'elle avait aidé à résoudre l'énigme d'un meurtre sur le bateau l'an dernier, ils avaient une invitation pour une croisière en Alaska à la date de leur choix.

Cape Cod était magnifique, mais Alvirah craignait secrètement de passer des vacances banales qui ne susciteraient aucun article valable pour le *Globe*.

C'est à ce moment précis qu'elle jeta un coup d'œil par-dessus la haie qui délimitait le terrain de leur bungalow sur la droite, et remarqua une jeune femme dans la maison voisine, appuyée à la balustrade[3] de la véranda, le regard fixé sur la baie.

C'est la façon dont ses mains agrippaient la rampe qui frappa Alvirah. Signe de tension, pensa-t-elle. Elle est tendue comme un arc. La frappa aussi la manière dont elle tourna la tête vers

---

1. Fréquenterait.
2. Le secret de l'affaire.
3. Rambarde.

elle, comme si elle la fixait du regard. Elle ne m'a même pas vue, conclut Alvirah en elle-même. La distance qui les séparait ne l'empêcha pas de percevoir le chagrin et le désespoir qui se dégageaient de l'attitude de la jeune femme.

Alvirah sentit sa curiosité s'éveiller. « Je crois que je vais me présenter à notre voisine, dit-elle à Willy. Il y a quelque chose qui m'inquiète chez elle. » Elle descendit les marches et se dirigea nonchalamment vers la haie. « Bonjour, dit-elle de son ton le plus amical. Je vous ai vue arriver en voiture. Nous sommes ici depuis deux heures, c'est donc à nous de vous faire bon accueil. Je me présente, Alvirah Meehan. »

La jeune femme se tourna vers elle et un sentiment de compassion[1] envahit Alvirah. Elle semblait se relever d'une longue maladie. Pâle comme la mort, les muscles des bras et des jambes amaigris par l'inactivité. « Je suis venue ici pour être seule, non pour entretenir des rapports de voisinage, dit-elle doucement. Ne m'en veuillez pas, je vous prie. » Ces paroles auraient sans doute été définitives, comme le fit remarquer par la suite Alvirah, si en tournant les talons elle n'avait trébuché sur un tabouret et n'était tombée lourdement sur le sol de la véranda. Alvirah s'était précipitée pour l'aider à se relever, refusant de la laisser entrer seule dans sa maison et, se sentant en quelque sorte responsable de l'accident, elle avait enveloppé d'un sac de glace le poignet qui gonflait à vue d'œil. Après s'être

---

1. Compréhension de sa souffrance (à distinguer de la pitié) ; compatir, c'est, étymologiquement, « souffrir avec » (*cum* + *patior*).

assurée qu'il s'agissait d'une simple foulure, elle avait préparé du thé et appris que la jeune femme s'appelait Cynthia Rogers et qu'elle était professeur dans l'Illinois. Cette dernière information lui mit la puce à l'oreille car, comme elle le dit à Willy à son retour une heure plus tard, elle n'avait pas mis dix minutes à reconnaître leur voisine. « Elle peut toujours dire qu'elle se nomme Cynthia Rogers, son véritable nom est Cynthia Lathem. Elle a été condamnée pour le meurtre de son beau-père il y a douze ans. Il était bourré aux as[1]. Je me souviens de l'affaire comme si c'était hier.

— Tu te souviens toujours de tout comme si c'était hier, fit remarquer Willy.

— C'est vrai. Et tu sais que je lis toujours ce qu'on raconte sur les meurtres. En tout cas, ça s'est passé ici, à Cape Cod. Cynthia a juré qu'elle était innocente, et elle a toujours dit qu'il existait un témoin capable de prouver qu'elle était absente de la maison à l'heure du crime. Mais le jury ne l'a pas crue. Pourquoi donc est-elle revenue ? Il faut que j'appelle le *Globe* et que je demande à Charley Evans de m'envoyer le dossier complet concernant le procès. Elle sort probablement à peine de prison. Elle a le teint gris. Peut-être... (le regard d'Alvirah pétilla soudain)... peut-être est-elle venue rechercher ce témoin qui lui a fait défaut pour sa défense. Mon Dieu, Willy, je crois que nous allons vivre des jours passionnants. »

Consterné, Willy regarda Alvirah ouvrir le premier tiroir de

---

1. Très riche (fam.).

la commode, sortir sa broche munie du micro incorporé et composer le numéro de la ligne directe de son rédacteur en chef à New York.

Ce soir-là, Willy et Alvirah dînèrent à l'auberge du Faisan Rouge. Alvirah portait pour l'occasion une robe imprimée beige et bleue soigneusement choisie chez Bergdorf Goodman. Malgré tout, avait-elle avoué à Willy après l'avoir enfilée, elle lui paraissait peu différente de la robe achetée chez Alexander's quelques jours avant qu'ils ne gagnent à la loterie. « C'est à cause de mes rondeurs, se lamenta-t-elle en étalant du beurre sur un muffin[1] aux cassis juste sorti du four. Seigneur, ces muffins sont un régal ! À propos, Willy, je suis contente que tu aies acheté cette veste de lin jaune. Elle met en valeur tes yeux bleus, et tu as encore de si beaux cheveux.

– J'ai plutôt l'impression de ressembler à un canari de quatre-vingt-dix kilos, grommela Willy, mais du moment que tu es satisfaite. »

Après dîner, ils allèrent admirer Debbie Reynolds[2] dans une nouvelle comédie qui passait au théâtre de Cape Cod avant d'être jouée à Broadway. À l'entracte, tout en buvant un ginger ale[3] sur la pelouse devant le théâtre, Alvirah raconta à Willy qu'elle avait toujours eu un faible pour Debbie Reynolds depuis

---

1. Petit pain rond, qui se mange en général grillé et beurré.
2. Actrice et chanteuse américaine (née en 1932) ; elle a notamment joué dans *Chantons sous la pluie*, de Stanley Donnen et Gene Kelly.
3. Boisson gazeuse au gingembre.

l'époque où elle jouait enfant dans des comédies musicales avec Mickey Rooney. C'était monstrueux de la part d'Eddie Fisher de l'avoir plaquée avec deux petits enfants. « Et qu'en a-t-il retiré ? conclut-elle d'un ton sentencieux tandis que la sonnerie les appelait à regagner leurs places pour le second acte. Il a été d'échec en échec par la suite. On gagne rarement à mal se conduire. »

Cette pertinente[1] réflexion amena Alvirah à se demander si son rédacteur en chef avait envoyé les renseignements concernant leur voisine. Elle avait hâte de les lire.

Pendant qu'Alvirah et Willy s'enthousiasmaient pour Debbie Reynolds, Cynthia commençait enfin à réaliser qu'elle était vraiment libre, que ses douze années de prison étaient derrière elle. Douze ans...

Douze ans auparavant, elle s'apprêtait à entrer en troisième année à l'école des Beaux-Arts de Rhode Island quand son beau-père, Stuart Richards, avait été assassiné dans le bureau de sa résidence, une maison d'armateur[2] du XVIIIe siècle située à Dennis.

En arrivant cet après-midi, Cynthia était passée en voiture devant la maison et s'était arrêtée sur la route pour l'examiner. Qui l'habitait maintenant ? se demanda-t-elle. Sa demi-sœur, Lillian, l'avait-elle vendue ou conservée ? La propriété était dans la famille Richards depuis trois générations, mais Lillian n'était

---

1. Judicieuse.
2. Personne qui se livre à l'exploitation commerciale d'un navire.

pas du genre sentimental. Puis Cynthia avait appuyé sur l'accélérateur, soudain glacée au souvenir de cette horrible nuit et des jours qui avaient suivi. L'accusation. L'arrestation. La comparution[1] au tribunal, le procès. Sa confiance au début : « Je peux apporter la preuve absolue que j'ai quitté la maison à vingt heures et n'y suis pas revenue avant minuit passé. J'étais avec quelqu'un. »

Cynthia frissonna et serra autour de sa frêle silhouette la robe de chambre de lainage bleu clair. Elle pesait soixante-deux kilos le jour où on l'avait mise en prison. Elle n'en pesait plus que cinquante-cinq aujourd'hui, trop peu pour son mètre soixante-douze. Ses cheveux d'un blond doré avaient foncé au fil du temps. Fadasses[2], se dit-elle en les brossant. Ses yeux couleur noisette, si semblables à ceux de sa mère, avaient aujourd'hui un regard amorphe[3] et vide. Au déjeuner, le dernier jour, Stuart Richards avait dit : « Tu ressembles de plus en plus à ta mère. J'aurais dû avoir l'intelligence de la garder. »

Cynthia avait huit ans lorsque sa mère avait épousé Stuart et douze au moment de leur séparation. Le plus long des deux mariages de son beau-père. Lillian, sa fille naturelle[4], de dix ans l'aînée de Cynthia, avait vécu avec sa mère à New York et venait rarement à Cape Cod.

Cynthia reposa la brosse sur la commode. Pourquoi avoir

---
1. Présentation par ordre judiciaire.
2. D'une fadeur déplaisante (fam.).
3. Sans énergie.
4. Fille biologique (*cf.* l. 317-319).

cédé à l'impulsion qui l'avait poussée à venir ici ? Sortie de prison depuis deux semaines, elle avait à peine assez d'argent pour vivre pendant six mois, elle ignorait ce qu'elle pouvait ou voulait faire de sa vie. Avait-elle eu raison d'engager de telles dépenses pour louer le bungalow, louer une voiture ? Tout ça avait-il une utilité ? Qu'espérait-elle trouver ?

Une aiguille dans une meule de foin, pensa-t-elle. En pénétrant dans le petit salon, elle se dit que cette maison était certes minuscule comparée à la demeure de Stuart, mais elle lui paraissait carrément seigneuriale après toutes ces années d'emprisonnement. Dehors, la brise courait sur la mer, formant des moutons d'écume. Cynthia sortit sur la véranda, à peine consciente de la douleur qui lui élançait le poignet, serrant ses bras contre elle pour se protéger du froid. Seigneur, soupira-t-elle, pouvoir respirer l'air frais, savoir que si l'envie lui prenait de se lever à l'aube pour aller marcher sur la plage comme elle le faisait lorsqu'elle était enfant, personne ne l'en empêcherait. La lune aux trois quarts pleine, semblable à un disque dont on aurait soigneusement découpé un morceau, nappait l'eau d'un miroitement argenté. Au loin, la mer semblait noire et impénétrable.

Contemplant l'immensité de l'océan devant elle, Cynthia se remémora la nuit où Stuart avait été assassiné. Puis elle secoua la tête. Non, elle ne voulait pas y penser maintenant. Pas ce soir. Ce soir, elle désirait que la paix environnante lui emplisse l'âme. Elle allait se coucher, laissant la fenêtre grande ouverte pour que le vent frais de la nuit pénètre dans sa chambre, et blottie sous les couvertures, elle sombrerait dans un profond sommeil.

Elle se lèverait tôt demain matin et irait marcher sur la plage, sentir le sable humide sous ses pieds, chercher des coquillages comme elle le faisait lorsqu'elle était enfant. Demain. Oui, elle allait s'octroyer[1] la matinée du lendemain pour tenter de reprendre goût à la vie, retrouver son équilibre. Puis elle commencerait son enquête, une recherche probablement vaine[2], celle de la seule personne à savoir qu'elle avait dit la vérité.

Le lendemain, laissant Alvirah préparer le petit déjeuner, Willy prit la voiture pour aller chercher les journaux du matin. Il revint avec un paquet de muffins aux myrtilles bien dorés et tout chauds. « J'ai demandé autour de moi, dit-il à Alvirah. Tout le monde m'a conseillé le Mercantile à côté du commissariat de police ; ils font les meilleurs muffins du Cape. »

Ils mangèrent sur la table de la terrasse. Tout en entamant son deuxième muffin, Alvirah observa les joggers matinaux sur la plage « Regarde, c'est elle !
– Qui elle ?
– Cynthia Lathem. Ça fait au moins une heure et demie qu'elle est partie. Je parie qu'elle meurt de faim. »

Lorsque Cynthia gravit les marches qui menaient de la plage à sa terrasse, elle se trouva nez à nez avec une Alvirah souriante qui la prit fermement par le bras. « Je suis réputée pour mon café et j'ai fait du jus d'orange. Et vous allez goûter les muffins aux myrtilles.

---
1. S'accorder.
2. Vouée à l'échec, inutile.

— Non... vraiment... » Cynthia tenta de dégager son bras, mais elle se sentit entraînée malgré elle à travers la pelouse. Willy se leva promptement[1] pour lui installer un siège. « Comment va votre poignet ? demanda-t-il. Alvirah était vraiment navrée[2] que vous vous soyiez fait mal lorsqu'elle est venue vous rendre visite. »

Cynthia sentit son irritation fondre face à la gentillesse sincère inscrite sur leurs deux visages. Avec ses joues rebondies, sa physionomie aimable et énergique et l'épaisse toison de ses cheveux blancs, Willy lui rappelait Tip O'Neill[3]. Elle le lui dit.

Il eut un sourire ravi. « On vient de m'en faire la remarque à la boulangerie. La seule différence c'est qu'à l'époque où Tip était speaker[4] à la Chambre des Représentants[5], j'étais le sauveur des chambres inondées. Je suis plombier à la retraite. »

Savourant sans se faire prier davantage jus d'orange, café et muffin, Cynthia écouta avec stupéfaction Alvirah lui raconter leur gain à la loterie, son séjour à Cypress Point et la façon dont elle avait aidé la police à retrouver la piste d'un meurtrier, leur croisière en Alaska où elle avait découvert l'auteur du meurtre de son voisin à la table d'hôte.

Elle accepta une seconde tasse de café. « Vous m'avez raconté tout ça dans un but précis, n'est-ce pas ? dit-elle alors. Vous m'avez reconnue hier ? »

---

1. Rapidement.
2. Désolée.
3. Homme politique américain, ancien président du Sénat.
4. Porte-parole. Ici, président de la Chambre.
5. Avec le Sénat, elle compose le Congrès des États-Unis. Ses membres sont renouvelés tous les deux ans par suffrage universel.

Alvirah prit l'air grave. « Oui. »

Cynthia repoussa son siège. « Vous avez été très aimables tous les deux et je crois que vous désirez sincèrement m'aider, mais le mieux est de me laisser seule. J'ai une quantité de choses à examiner, mais je dois le faire seule. Merci pour le petit déjeuner. »

Alvirah regarda la mince silhouette franchir la distance qui séparait leurs deux bungalows. « Elle a pris un peu de soleil ce matin, fit-elle remarquer. Bon début. Un peu plus remplie, elle serait ravissante.

– Tu pourrais aussi aller te reposer au soleil, suggéra Willy. Tu as entendu ce qu'elle a dit.

– Oh, ça ne compte pas. Dès que Charley aura envoyé les dossiers concernant son procès, je trouverai un moyen de l'aider.

– Oh, mon Dieu, gémit Willy. J'aurais dû m'en douter. C'est reparti. »

« Je ne sais pas comment Charley s'y est pris », soupira Alvirah quelques heures après. Le paquet express était arrivé au moment où ils finissaient leur petit déjeuner. « Il a tout envoyé sauf les minutes[1] du procès et il ne les obtiendra pas avant deux jours. » Elle étouffa une exclamation. « Regarde cette photo de Cynthia au procès. Elle a l'air d'une enfant apeurée. »

Allongé sur la chaise longue qu'il s'était définitivement appropriée, Willy achevait la lecture de la section sports d'un

---

[1]. Actes officiels, qui consignent toutes les interventions des différentes parties lors du procès.

des quatre journaux qu'il avait achetés ce matin. « Je vais finir par croire que les Mets[1] vont perdre », commenta-t-il tristement. Il attendit d'être rassuré, mais il était clair qu'Alvirah ne l'avait pas entendu.

À une heure de l'après-midi, Willy ressortit pour revenir cette fois avec un litre de bisque de homard. Pendant le déjeuner Alvirah le mit au courant de ce qu'elle avait appris. « En bref, voici les faits : la mère de Cynthia était veuve lorsqu'elle a épousé Stuart Richards. Cynthia avait huit ans à l'époque. Ils ont divorcé quatre ans plus tard. Richards avait un enfant de son premier mariage, une fille appelée Lillian. Elle était de dix ans plus âgée que Cynthia et vivait avec sa mère à New York.

— Pourquoi la mère de Cynthia a-t-elle divorcé de Richards ? demanda Willy entre deux cuillerées de bisque.

— D'après ce que Cynthia a déclaré à la barre des témoins, Richards était un de ces hommes qui aimaient rabaisser les femmes. S'ils se rendaient à une réception, il critiquait la façon dont sa femme était habillée et la tournait en ridicule jusqu'à ce qu'elle fonde en larmes. Ce genre de chose. Il semble qu'elle ait fini par faire une dépression nerveuse. Étrangement, il s'est toujours montré affectueux envers Cynthia, l'invitant pour son anniversaire, la couvrant de cadeaux.

« Puis la mère de Cynthia est morte, et Richards a invité la jeune fille à venir lui rendre visite à Cape Cod. Cynthia n'était

---

1. L'équipe new-yorkaise de base-ball.

plus une enfant à l'époque. Elle était étudiante à l'école des Beaux-Arts de Rhode Island. Sa mère avait été longtemps malade, et il ne restait plus beaucoup d'argent ; Cynthia projetait de renoncer à ses études et de travailler pendant un ou deux ans. Stuart ne lui avait jamais caché son intention de laisser la moitié de sa fortune à Lillian et l'autre moitié au collège de Dartmouth. Mais il s'est fichu en rogne[1] en apprenant que l'université s'apprêtait à accueillir des pensionnaires de sexe féminin et il a modifié son testament. Il a alors annoncé à Cynthia que la part de Dartmouth lui reviendrait, environ dix millions de dollars. Poussée par le procureur, elle a admis que Richards avait ajouté qu'elle devrait attendre sa mort pour en prendre possession ; que c'était dommage pour ses études, mais que sa mère aurait dû penser à mettre de l'argent de côté à cette intention. »

Willy reposa sa cuiller. « Dans ce cas tu tiens ton mobile, non ?

– C'est ce qu'a dit le procureur, que Cynthia avait voulu profiter de la somme sans attendre. Quoi qu'il en soit, un certain Ned Creighton est venu rendre visite à Richards ce jour-là et il a surpris leur conversation. C'était un ami de Lillian, plus ou moins du même âge, que Cynthia avait rencontré à l'époque où elle vivait avec sa mère et Stuart au Cape. Bref, Creighton a invité Cynthia à dîner et Stuart l'a poussée à accepter.

« D'après ce qu'elle a déclaré au procès, Creigthon l'a emme-

---

1. S'est mis en colère (fam.).

née dîner à la Table du Capitaine à Hyannis, avant de lui proposer de faire un tour dans son bateau qui était mouillé[1] le long d'un ponton[2] privé. Elle a dit qu'ils étaient au large du Nantucket Sound lorsque le bateau était tombé en panne ; plus rien ne marchait, pas même la radio. Il était près de onze heures lorsqu'il était enfin parvenu à faire repartir le moteur. Elle n'avait mangé qu'une salade au dîner et, une fois à terre, elle lui a demandé de s'arrêter pour acheter un hamburger.

« Dans son témoignage, elle a raconté que Creighton avait accepté à contrecœur de s'arrêter à un fast-food près de Cotuit. Cynthia a dit qu'elle n'était pas revenue au Cape depuis son enfance et qu'elle connaissait mal les parages. Elle n'était donc pas sûre de l'endroit où ils s'étaient arrêtés. Il lui a dit d'attendre dans la voiture pendant qu'il allait lui chercher un hamburger. Elle se souvenait seulement qu'il y avait une musique rock tonitruante[3] et une foule d'adolescents. Puis une femme était arrivée en voiture et s'était garée à côté d'eux. En ouvrant sa portière, elle avait heurté l'aile de la voiture de Ned Creighton. » Alvirah tendit à Willy une coupure de journal. « Cette femme est le témoin que personne n'arrive à trouver. »

Pendant que Alvirah goûtait vaguement sa bisque, perdue dans ses réflexions, Willy parcourut l'article. La femme s'était abondamment excusée et avait examiné la voiture de Ned pour y relever d'éventuelles éraflures. Elle n'en avait découvert

---

1. Amarré.
2. Une plate-forme flottante.
3. Littéralement, « aussi bruyante que le tonnerre ».

aucune et s'était dirigée vers le fast-food. D'après la description de Cynthia, c'était une petite femme robuste d'une cinquantaine d'années, avec des cheveux courts coupés à la diable[1] et teints en rouge orangé, une blouse informe sur un pantalon en tissu synthétique retenu par un élastique à la taille.

L'article relatait la suite du témoignage de Cynthia selon lequel Creighton était revenu agacé par la longueur de l'attente et furieux contre les gamins infichus de passer leur commande. Il paraissait à cran[2], et Cynthia a dit qu'elle avait préféré ne pas lui raconter l'incident avec la femme.

Au banc des témoins, Cynthia avait déclaré que le trajet du retour à Dennis avait pris quarante-cinq minutes sur des routes qui lui étaient peu familières. Ned Creighton lui avait à peine adressé la parole. En arrivant devant la maison de Stuart Richards, il l'avait simplement déposée et était parti aussitôt. En pénétrant dans la maison, elle avait trouvé Stuart étendu de tout son long près de son bureau, le front et le visage ensanglantés, une large tache rouge sur le tapis près de lui.

Willy poursuivit sa lecture. « L'accusée a déclaré qu'elle avait d'abord pensé que Richards avait eu une attaque et était tombé, mais en repoussant ses cheveux, elle avait vu la blessure sur son front, puis le revolver à côté de lui. Elle avait alors téléphoné à la police.

– Elle a dit avoir d'abord pensé qu'il s'était suicidé, se souvint

---

1. De façon désordonnée.
2. Tendu.

Alvirah. Elle a ramassé le revolver, sans se soucier d'y déposer ses empreintes. L'armoire était ouverte, et elle a admis qu'elle savait que Stuart y conservait une arme. Ensuite Creighton est venu contredire tous les points de sa déclaration à la police. En effet, il l'avait invitée à dîner, mais il l'avait ramenée à huit heures, heureux de se débarrasser d'elle car elle avait passé son temps à critiquer Richards, lui reprochant d'être responsable de la maladie et de la mort de sa mère, promettant d'avoir une bonne explication avec lui en rentrant. L'heure de la mort avait été fixée vers neuf heures, fait qui ne lui était guère favorable, étant donné le témoignage contradictoire de Creighton. Et lorsque ses avocats ont lancé des appels pour retrouver cette femme soi-disant rencontrée au fast-food, personne ne s'est présenté pour confirmer son histoire.

– Tu crois donc ce que raconte Cynthia ? demanda Willy. Tu sais qu'un grand nombre de meurtriers sont incapables d'affronter les actes qu'ils ont commis et finissent par croire en leurs propres mensonges, ou font tout ce qu'ils peuvent pour les soutenir. Peut-être continue-t-elle à rechercher cette inconnue dans le seul but de convaincre les gens de son innocence, bien qu'elle ait déjà servi sa peine. À la réflexion, pour quelle raison Ned Creighton mentirait-il dans toute cette affaire ?

– Je ne sais pas, répondit Alvirah en secouant la tête. Mais il est certain que quelqu'un ment, et je parie mon dernier dollar que ce n'est pas Cynthia. Et si j'étais à sa place, je ferais tout pour découvrir ce qui a poussé Creighton à mentir, quel avantage il pouvait en tirer. »

Sur ce, Alvirah porta son attention sur la [...]
ne reprenant la parole que lorsque son assiette [...]
c'était délicieux. Willy, nous allons passer de[s ...]
dables. Et n'est-ce pas merveilleux d'avoir lou[é ...]
sine de celle de Cynthia ? Nous allons pouvoir [... ré]tablir
la vérité. »

Pour toute réponse, Willy poussa un long soupir en reposant bruyamment sa cuiller.

La longue et paisible nuit de sommeil suivie par une marche matinale avait un peu atténué l'hébétude[1] qui s'était emparée de Cynthia à l'instant où elle avait entendu le jury prononcer le verdict de culpabilité douze années auparavant.

Aujourd'hui, tandis qu'elle prenait sa douche et s'habillait, elle songea qu'elle avait survécu au cauchemar de ces longues années uniquement en apprenant à brider[2] ses émotions. Elle s'était montrée une prisonnière exemplaire. Elle ne s'était liée avec personne, avait résisté aux avances des autres prisonnières. Elle avait suivi tous les cours proposés par la prison. Après avoir travaillé à la blanchisserie et à la cuisine, elle avait été affectée à la bibliothèque puis chargée d'assister le professeur du cours d'arts plastiques. Et au bout d'un certain temps, lorsque l'odieuse réalité des faits avait fini par s'établir, elle s'était mise à dessiner. Le visage de la femme dans le parking. Le fast-food.

---

1. Abrutissement.
2. Contenir.

le bateau de Ned. Tous les détails qu'elle extirpait[1] un à un de sa mémoire. À la fin, elle avait des croquis d'un fast-food comme on en trouvait partout aux États-Unis, d'un bateau qui ressemblait à tous les chris-crafts[2] de cette époque. La femme était un peu plus distincte, mais pas beaucoup plus. Il faisait nuit. Leur rencontre n'avait duré que quelques secondes. Cette femme était pourtant son seul espoir.

L'exposé du procureur à la fin du procès : « Mesdames et messieurs les jurés, Cynthia a regagné la maison de Stuart Richards entre vingt heures et vingt heures trente dans la soirée du 2 août 1981. Elle est entrée dans le bureau de son beau-père. Dans l'après-midi du même jour, Stuart Richards avait annoncé à Cynthia qu'il avait l'intention de modifier son testament. Ned Creighton a surpris leur conversation, il a entendu Cynthia et Stuart se quereller. Vera Smith, la serveuse de la Table du Capitaine, a entendu Cynthia dire à Ned qu'elle devrait renoncer à l'université si son beau-père cessait de payer ses études.

« Cynthia Lathem était inquiète et furieuse lorsqu'elle a regagné la luxueuse demeure des Richards, ce soir-là. Elle est allée trouver Stuart dans son bureau. C'était un homme qui s'amusait à mettre hors d'eux les gens de son entourage. Il avait réellement modifié son testament. Il ne serait pas mort s'il avait dit à sa belle-fille qu'au lieu de quelques milliers de

---

1. Arrachait.
2. Bateaux de plaisance.

dollars, il lui léguait la moitié de sa fortune. Il a préféré la taquiner. Sans doute pendant trop longtemps. Et la colère qui couvait en elle à cause de son attitude détestable envers sa mère, la colère qui l'habitait à la pensée de devoir quitter l'université, de se retrouver sans un sou, l'a poussée vers le placard où elle savait qu'il conservait un revolver, à prendre l'arme et à tirer à trois reprises en plein dans le front de l'homme qui l'aimait assez pour faire d'elle son héritière.

« C'est d'une incroyable ironie. C'est une tragédie. C'est aussi un meurtre. Cynthia a supplié Ned Creighton de dire qu'elle avait passé la soirée avec lui sur son bateau. Personne ne les a vus sortir dans la baie. Elle parle d'un arrêt dans un fast-food. Mais elle ignore où il se trouve. Elle admet ne pas y être entrée elle-même. Elle parle d'une inconnue aux cheveux orange à qui elle aurait parlé sur le parking. Avec toute la publicité provoquée par cette affaire, pourquoi cette femme ne s'est-elle pas présentée ? Vous savez pourquoi. Parce qu'elle n'existe pas. Parce que, comme le fast-food, comme les heures passées dans un bateau au milieu de la baie de Cape Cod, c'est un pur produit de l'imagination de Cynthia Lathem. »

Cynthia avait lu si souvent les minutes du procès que l'exposé du procureur était resté imprimé dans sa mémoire. « Mais la femme existe, dit-elle à voix haute. Elle existe vraiment. » Pendant les six prochains mois, avec la petite assurance héritée de sa mère, elle allait s'efforcer de trouver cette femme. Elle est peut-être morte à l'heure actuelle, ou partie en Californie, pensa-t-elle tout en brossant ses longs cheveux avant de les ramasser en chignon.

Sa chambre faisait face à la mer. Cynthia alla jusqu'à la baie vitrée coulissante et l'ouvrit. Sur la plage en contrebas, des couples se promenaient avec leurs enfants. Si elle voulait un jour avoir une vie normale, un mari, un enfant, elle devait être innocentée.

Jeff Knight. Elle l'avait connu l'an dernier quand il était venu faire pour la télévision une série d'interviews de femmes en prison. Il l'avait invitée à participer à l'émission, et elle avait sèchement refusé. Il avait insisté, son visage énergique et intelligent exprimant une préoccupation sincère. « Ne comprenez-vous pas, Cynthia, que cette émission va être regardée par deux millions de spectateurs en Nouvelle-Angleterre ? La femme qui vous a vue cette nuit-là pourrait se trouver parmi eux. »

C'était la raison qui l'avait poussée à participer à l'émission ; elle avait répondu à ses questions, raconté la nuit où Stuart était mort, montré le vague croquis de la femme avec laquelle elle s'était brièvement entretenue, le dessin du fast-food. À New York, Lillian avait fait paraître une déclaration disant que la vérité avait été établie au procès et qu'elle n'avait pas d'autre commentaire à faire. Ned Creighton, actuellement propriétaire du Mooncusser, un célèbre restaurant à Barnstable, avait répété qu'il était navré, absolument navré pour Cynthia.

Après l'émission, Jeff avait continué à venir la voir. Seules ses visites l'avaient empêchée de sombrer dans le désespoir total en constatant que l'émission ne donnait aucun résultat. Il arrivait toujours un peu fripé, ses larges épaules boudinées dans sa veste, ses cheveux bruns indisciplinés bouclant sur son front, ses yeux noirs au regard intense pleins de bienvaillance, ne sachant où caser ses longues jambes dans l'espace réduit réservé aux visiteurs. Lorsqu'il lui avait demandé de l'épouser après sa sortie de prison, elle l'avait supplié de l'oublier. Les chaînes de télévision lui faisaient déjà des ponts d'or[1]. Il n'avait pas besoin dans sa vie d'une femme condamnée pour meurtre.

Quelle aurait été ma réaction si je n'avais pas été condamnée pour meurtre ? se demanda Cynthia en se détournant de la fenêtre. Elle se dirigea vers la commode d'érable, prit son carnet et quitta la maison au volant de sa voiture de location.

Elle ne regagna Dennis qu'en début de soirée, frustrée d'avoir gaspillé son temps en vain, donnant libre cours aux larmes qui lui montaient aux yeux. Elle avait roulé jusqu'à Cotuit, parcouru à pied la rue principale, demandé au propriétaire de la librairie – qui semblait être de la région – s'il connaissait un fast-food qui serait le lieu de rencontre privilégié de la jeunesse. Où avait-elle le plus de chances d'en trouver un ? Il avait répondu avec un haussement d'épaules : « Ça va, ça vient. Un promoteur acquiert les lieux, construit un centre commercial ou un immeuble d'habitation et le fast-food disparaît. » Elle était allée à la mairie, espérant y retrouver les registres des patentes[2] de commerces d'alimentation

---
1. Lui promettaient une forte somme pour le décider à travailler pour elles.
2. Quittances prouvant qu'un commerçant s'est bien acquitté de l'impôt direct.

délivrées ou renouvelées à cette époque. Il restait deux fast-foods en activité. Le troisième avait été transformé ou démoli. Aucun d'entre eux n'éveillait ses souvenirs. Par ailleurs, elle ne pouvait même pas affirmer qu'ils s'étaient vraiment rendus à Cotuit. Ned avait peut-être menti sur ce point-là aussi. Et comment demander au premier venu s'il connaissait une femme corpulente, d'âge moyen, aux cheveux orange, qui avait vécu ou passé l'été à Cape Cod pendant quarante ans et détestait la musique rock ?

En traversant Dennis, Cynthia négligea instinctivement l'embranchement qui menait à son bungalow et passa à nouveau devant la propriété des Richards. Une mince femme blonde descendait les marches de la maison. Même à cette distance, Cynthia reconnut Lillian. Elle roula au ralenti, mais accéléra rapidement lorsque Lillian regarda dans sa direction, et fit demi-tour vers les bungalows. Alors qu'elle tournait la clé dans la serrure, elle entendit la sonnerie du téléphone. Elle retentit dix fois avant de s'arrêter. Probablement Jeff, mais elle ne voulait pas lui parler. Quelques minutes plus tard, le téléphone sonna à nouveau. S'il avait son numéro, il était clair que Jeff ne renoncerait pas à la joindre.

Cynthia souleva le récepteur. «Allô.

— J'ai mal au doigt à force de composer votre numéro, dit Jeff. C'est malin de votre part de disparaître ainsi !

— Comment m'avez-vous retrouvée ?

— Pas sorcier. Je savais que vous iriez droit à Cape Cod

comme un pigeon voyageur, et votre agent de probation[1] me l'a confirmé. »

Elle l'imaginait, renversé dans son fauteuil, faisant tourner un crayon entre ses doigts, son regard grave démentant la légèreté du ton.

« Jeff, oubliez-moi, je vous en prie. Faites-le pour nous deux.
– Négatif. Cindy, je comprends. Mais à moins de retrouver cette femme à laquelle vous avez parlé, il n'existe aucun moyen de prouver votre innocence. Et croyez-moi, ma chérie, j'ai tout fait pour la retrouver. Lorsque j'ai réalisé cette émission, j'ai engagé des détectives privés sans vous en parler. Eux ne sont pas parvenus à la dénicher, vous n'y parviendrez pas plus. Cindy, je vous aime. Vous savez que vous êtes innocente. Je sais que vous êtes innocente. Ned Creighton a menti, mais nous ne serons jamais en mesure de le prouver. »

Cynthia ferma les yeux, elle savait que Jeff disait vrai.

« Cindy, laissez tomber. Faites vos valises. Prenez le volant et revenez. Je viendrai vous prendre chez vous ce soir à vingt heures. »

Chez elle. La chambre meublée que l'agent de probation l'avait aidée à choisir. *Je vous présente ma fiancée. Elle sort de prison. Que faisait ta mère avant de se marier ? Elle était en taule ?*

« Au revoir, Jeff », dit Cynthia. Elle mit fin à la communication, débrancha le téléphone et tourna les talons.

---

1. Personne chargée de veiller au bon déroulement de la réinsertion d'un criminel.

Alvirah avait observé le retour de Cynthia mais elle ne tenta pas de la contacter. Dans l'après-midi, Willy avait participé à une sortie en mer et il était rentré triomphalement avec deux poissons, deux magnifiques bluefish[1]. Durant son absence, Alvirah avait étudié les coupures de presse sur l'affaire Stuart Richards. À l'institut de remise en forme de Cypress Point, elle avait découvert qu'elle pouvait enregistrer ses pensées sur un magnétophone. Elle mit l'appareil en marche.

« Pourquoi Ned Creighton a-t-il menti ? C'est là le nœud central de toute l'affaire. Il connaissait à peine Cynthia. Pourquoi a-t-il tout mis en œuvre pour qu'elle soit accusée du meurtre de son beau-père ? Stuart Richards avait beaucoup d'ennemis. Le père de Ned, à une époque, avait été en relations d'affaires avec Stuart et ils s'étaient brouillés, mais Ned n'était alors qu'un gamin. Ned était un ami de Lillian Richards. Lillian a juré qu'elle ignorait l'intention de son père de modifier son testament, qu'elle avait toujours su qu'elle hériterait de la moitié de sa fortune et que l'autre moitié irait au collège de Dartmouth. Elle savait, avait-elle dit, que Stuart s'était montré bouleversé en apprenant la décision de Dartmouth d'accepter des élèves de sexe féminin, mais elle ignorait que cela ait pu le conduire à changer son testament et laisser la part de Darmouth à Cynthia. »

Alvirah arrêta le magnétophone. Quelqu'un avait sûrement

---

1. Poissons voraces des mers chaudes.

calculé que le jour où Cynthia serait inculpée du meurtre de son beau-père, elle perdrait ses droits à l'héritage et que Lillian bénéficierait de la totalité des biens de son père. Lillian avait épousé un New-Yorkais peu après la fin du procès. Elle avait divorcé à trois reprises depuis. Il ne semblait pas qu'elle ait eu la moindre idylle avec Ned. Restait le restaurant. Qui avait financé Ned ?

Willy rentra dans la maison avec les filets de bluefish qu'il avait préparés sur la terrasse. « Encore sur cette affaire ? demanda-t-il.

– Hm-mmm. » Alvirah souleva l'une des coupures de presse. « La cinquantaine, cheveux orange, genre pot à tabac. Cette description aurait pu me convenir il y a douze ans, non ?

– Tu sais très bien que je ne te traiterais jamais de pot à tabac, protesta Willy.

– Je n'ai pas dit ça. Je reviens dans une minute. Je veux parler à Cynthia. Je l'ai vue rentrer chez elle il y a un instant. »

Dans l'après-midi du lendemain, après avoir expédié Willy à une autre partie de pêche, Alvirah fixa sa broche soleil à sa robe violette toute neuve et se rendit avec Cynthia au Mooncusser à Barnstable. En route, elle fit répéter son rôle à la jeune femme. « N'oubliez pas, s'il est là, montrez-le-moi tout de suite. Je ne cesserai pas de le fixer. Il vous reconnaîtra. Il sera obligé de venir vers vous. Vous savez quoi dire, n'est-ce pas ?

– Oui. » Était-ce possible ? se demanda Cynthia. Ned les croirait-il ?

Le restaurant, un majestueux édifice blanc dans le style colonial, se dressait au bout d'une longue allée sinueuse[1]. Alvirah embrassa du regard le bâtiment, les jardins parfaitement dessinés qui s'étendaient jusqu'au bord de l'eau. « Très, très coûteux, dit-elle à Cynthia. Il n'a pas démarré cet endroit avec trois sous. »

Des faïences Wedgwood[2] bleu et blanc décoraient la salle à manger. Les tableaux aux murs étaient magnifiques. Pendant vingt ans – jusqu'à ce qu'elle et Willy gagnent à la loterie – Alvirah avait fait le ménage tous les mardis chez Mme Rawlings, dont la maison ressemblait à un musée. Mme Rawlings adorait raconter l'histoire de chaque tableau, précisant combien elle l'avait payé et, avec jubilation[3], combien il valait actuellement. Alvirah pensait souvent qu'avec un peu de pratique elle pourrait être guide dans un musée. « Observez l'utilisation de l'éclairage, les rayons du soleil sur la poussière de la table. » Il lui suffisait d'imiter le baratin[4] de Mme Rawlings.

Devinant la nervosité grandissante de Cynthia, Alvirah tenta de la distraire en lui parlant de Mme Rawlings après que le maître d'hôtel les eut accompagnées à une table près de la fenêtre. Cynthia sentit un sourire lui venir aux lèvres en écoutant Alvirah lui raconter qu'avec toute sa fortune, Mme Rawlings ne lui offrait jamais plus qu'une carte postale

---

1. Courbe.
2. D'un célèbre céramiste anglais, Josiah Wedgwood (1730-1795).
3. Avec une grande joie.
4. Boniment (fam.).

pour Noël. « La vieille bique la plus pingre[1], la plus désagréable de la planète, pourtant je la plains, ajouta-t-elle. Personne d'autre n'acceptait de travailler chez elle. Mais quand mon temps viendra, j'ai l'intention de faire remarquer au Seigneur que j'ai beaucoup de points Rawlings à mon actif.

– Si votre plan marche, vous aurez aussi beaucoup de points Lathem à votre actif, dit Cynthia.

– J'espère bien. À présent, gardez ce sourire. Vous avez l'air du chat qui a avalé le canari. Est-ce qu'il est là ?

– Je ne l'ai pas encore vu.

– Bon. Quand cet engoncé[2] viendra nous apporter la carte, dites que vous désirez le voir. »

Le maître d'hôtel s'approchait d'elles, un sourire professionnel plaqué sur son visage flegmatique[3]. « Puis-je vous offrir un apéritif ?

– Oui. Deux verres de vin blanc. M. Creighton est-il là ? demanda Cynthia.

– Je crois qu'il s'entretient avec le chef aux cuisines.

– Je suis une de ses amies, poursuivit Cynthia. Voulez-vous lui demander de venir à ma table lorsqu'il sera libre ?

– Certainement.

– Vous avez un réel talent d'actrice, chuchota Alvirah, le visage abrité derrière la carte, sachant d'expérience qu'il fallait se montrer prudent au cas où quelqu'un lirait sur vos lèvres. Et

---
1. Avare (fam.).
2. Ce personnage qui manque de naturel et de grâce.
3. Impassible.

je suis ravie de vous avoir poussée à acheter cet ensemble ce matin. Le contenu de votre penderie était désespérant. »

Cynthia portait une veste de lin jaune citron sur une jupe noire, une écharpe de soie jaune, noire et blanche négligemment nouée sur une épaule. Alvirah l'avait également accompagnée chez le coiffeur et ses cheveux mi-longs ondulaient maintenant en vagues souples autour de son visage. Un léger fond de teint dissimulait sa pâleur anormale, avivant la couleur noisette de ses grands yeux. « Vous êtes ravissante », dit Alvirah.

Alvirah, à regret, avait subi une métamorphose différente. Elle avait troqué la teinte donnée par Vidal Sassoon à ses cheveux contre son ancienne crinière rousse. Elle avait aussi coupé ses ongles à ras, les laissant sans vernis. Après avoir aidé Cynthia à choisir son ensemble jaune et noir, elle s'était rendue au rayon des soldes où pour de bonnes raisons la robe violette qu'elle portait était bradée à dix dollars. Le fait qu'elle fût trop étroite d'une taille soulignait les bourrelets dont Willy se plaisait à expliquer qu'ils étaient le rembourrage prévu par la nature pour amortir la chute finale.

Lorsque Cynthia protesta à la vue du massacre opéré sur la coiffure et les ongles de sa nouvelle amie, Alvirah dit simplement : « Chaque fois que vous parliez de cette femme, le témoin disparu, vous disiez qu'elle était boulotte, teinte en roux et portait une tenue qui semblait sortie tout droit des puces. Je me suis efforcée d'être crédible.

— J'ai dit que ses vêtements paraissaient bon marché, corrigea Cynthia.

— Même chose. »
Alvirah vit soudain le sourire de Cynthia déserter son visage. « Le voilà, n'est-ce pas ? » demanda-t-elle vivement.
Cynthia hocha la tête.
« Souriez-moi. Allons. Détendez-vous. Ne lui montrez pas que vous êtes nerveuse. »
Cynthia la gratifia d'un large sourire et appuya légèrement ses coudes sur la table.
Un homme se tenait devant elles. Des gouttes de transpiration se formaient sur son front. Il s'humecta les lèvres.
« Cynthia, comme je suis heureux de vous revoir. » Il lui tendit la main.
Alvirah l'étudia attentivement. Pas mal dans le genre mou. Des yeux étroits qui disparaissaient presque sous la chair bouffie[1]. Il avait une bonne dizaine de kilos de plus que sur les photos du dossier. Le genre d'homme que l'âge n'arrange guère.
« Êtes-vous sincèrement heureux de me voir, Ned ? demanda Cynthia, sans se départir de son sourire.
— C'est lui, prononça alors Alvirah d'un ton catégorique. J'en suis absolument certaine. Il était devant moi dans la queue au fast-food. Je l'ai remarqué parce qu'il pestait contre les gosses incapables de savoir ce qu'ils voulaient avec leurs hamburgers.
— Qu'est-ce que vous racontez ? demanda Ned Creighton.
— Pourquoi ne pas vous asseoir, Ned ? dit Cynthia. Je sais que ce restaurant vous appartient, mais j'ai l'impression que c'est à

---

1. Gonflée, grasse.

moi de vous divertir aujourd'hui. Après tout, vous m'avez offert à dîner un soir, il y a des années. »

Bravo, pensa Alvirah qui poursuivit : « Je suis bel et bien sûre que c'était vous ce soir-là, même si vous avez pris du poids, dit-elle d'un ton indigné. C'est une vraie honte qu'à cause de vos mensonges cette jeune femme ait passé douze années de sa vie en prison. »

Le sourire disparut du visage de Cynthia. « Douze ans, six mois et dix jours, corrigea-t-elle. Toutes les années de ma jeunesse, alors que j'aurais dû terminer mes études à l'université, avoir mon premier job, m'amuser. »

Le visage de Ned Creighton se durcit. « Vous bluffez[1]. Votre histoire ne tient pas debout. »

Le serveur arriva avec deux verres de vin qu'il déposa devant Cynthia et Alvirah. « Monsieur Creighton ? »

Creighton lui lança un regard noir. « Rien. »

« C'est réellement un endroit magnifique, Ned, dit calmement Cynthia. Vous y avez sûrement investi beaucoup d'argent. D'où l'avez-vous sorti ? De Lillian ? Ma part de l'héritage de Stuart Richards approchait les dix millions de dollars. Combien vous a-t-elle donné ? » Elle n'attendit pas la réponse. « Ned, cette femme est le témoin que j'ai désespérément cherché. Elle se rappelle m'avoir adressé la parole ce soir-là. Personne ne m'a crue lorsque j'ai parlé d'une personne qui avait cogné sa portière contre l'aile de votre voiture. Mais elle se rap-

---

1. Vous tentez de me tromper (fam.).

pelle parfaitement cet incident. Et elle se souvient de vous avoir vu. Elle tient un journal depuis toujours. Ce soir-là, elle y a inscrit ce qui s'était passé dans le parking. »

Sans cesser d'opiner du chef, Alvirah étudiait le visage de Ned. Il perd son sang-froid, pensa-t-elle, mais il n'est pas convaincu. Le moment était venu pour elle de prendre la relève.

« J'ai quitté Cape Cod le lendemain même, dit-elle. Je vis en Arizona. Mon mari était malade, très malade. C'est pourquoi nous ne sommes jamais revenus. Je l'ai perdu l'an dernier. » Navrée, Willy, pensa-t-elle, mais c'est pour la bonne cause. « Puis la semaine dernière, je regardais la télévision, et vous savez comme les programmes sont rasoir[1] durant l'été. Bref, je suis restée baba[2] quand j'ai vu une rediffusion de cette émission sur les femmes en prison et mon propre portrait sur l'écran. »

Cynthia prit l'enveloppe qu'elle avait posée près de sa chaise. « Voici le portrait que j'ai dessiné de la femme à qui j'avais parlé sur le parking. »

Ned Creighton tendit la main.

« Je préfère le garder », dit Cynthia.

Le croquis montrait un visage de femme encadré dans la fenêtre ouverte d'une voiture. Les traits étaient imprécis et le fond sombre, mais la ressemblance avec Alvirah était frappante.

Cynthia repoussa sa chaise. Alvirah se leva en même temps qu'elle. « Vous ne pouvez pas me rendre douze années. Je sais ce

---

1. Ennuyeux (fam.).
2. Ébahie.

que vous pensez. Même avec cette preuve, un jury peut ne pas me croire. Il ne m'a pas crue il y a douze ans. Mais il peut aussi me croire. Peut-être. Et je ne pense pas que vous désiriez courir ce risque. Ned, il me semble que vous devriez parler de tout ça avec la personne qui vous a payé pour me tendre un piège et lui dire que je veux dix millions de dollars. C'est ma part légale de l'héritage de Stuart.

— Vous êtes complètement folle. » La colère avait remplacé la peur sur le visage de Ned Creighton.

« Vraiment ? Je n'ai pas cette impression. » Cynthia fouilla dans sa poche. « Voici mon adresse et mon numéro de téléphone. Alvirah habite chez moi. Téléphonez-moi ce soir vers sept heures. Si je n'ai pas de nouvelles de votre part, j'engagerai un avocat et ferai rouvrir mon procès. » Elle jeta un billet de dix dollars sur la table. « Pour le vin. Je n'en finis pas de payer le dîner que vous m'avez offert. »

Elle sortit rapidement du restaurant, Alvirah sur ses talons. Alvirah perçut les chuchotements aux autres tables. Les gens se rendent compte qu'il se passe quelque chose, pensa-t-elle. Parfait.

Elle et Cynthia ne dirent pas un mot avant d'avoir regagné la voiture. Puis Cynthia demanda d'une voix mal assurée : « Comment étais-je ?

— Formidable !

— Alvirah, ça ne peut pas marcher. S'ils retrouvent le croquis que Jeff a montré à l'émission, ils verront tous les détails que j'ai rajoutés pour que le portrait vous ressemble.

— Ils n'en auront pas le temps. Êtes-vous sûre d'avoir vu votre demi-sœur hier dans la maison des Richards ?
— Sûre et certaine.
— Alors, je parie que Ned Creighton est à cet instant même en train de lui téléphoner. »
Cynthia conduisait machinalement, insensible au soleil resplendissant de l'après-midi. « Stuart était détesté par beaucoup de gens. Pourquoi êtes-vous tellement sûre que Lillian est dans le coup ? »
Alvirah défit la fermeture à glissière de sa robe violette. « Cette robe est tellement serrée que je peux à peine respirer. » D'un air piteux[1], elle passa sa main dans ses cheveux mal coupés. « Il me faudra une armée de Vidal Sassoon pour remettre tout ça en place. Je suppose qu'il me faudra aussi retourner à Cypress Point. Que me demandiez-vous ? Oh, Lillian. Elle est certainement dans le coup. Réfléchissez. Beaucoup de gens détestaient peut-être votre père, mais aucun n'avait besoin d'un Ned Creighton pour monter un coup contre vous. Lillian a toujours su que son père laisserait la moitié de sa fortune à Dartmouth. Exact ?
— Oui. » Cynthia prit la route qui conduisait aux bungalows.
« Peu importe le nombre de personnes susceptibles d'avoir haï votre beau-père. Lillian était la seule à bénéficier de votre part si vous étiez accusée du meurtre de son père. Elle connaissait Ned. Ned avait besoin d'argent pour ouvrir un restaurant.

---

1. Triste.

Stuart avait sûrement dit à Lillian qu'il vous laissait la moitié de sa fortune au lieu d'en faire don à Dartmouth. Elle vous a toujours détestée. C'est vous qui me l'avez dit. Elle s'est donc arrangée avec Ned. Il vous emmenait sur son bateau et simulait la panne. Quelqu'un tuait Stuart Richards. Lillian avait un alibi[1]. Elle se trouvait à New York. Elle a probablement engagé un tueur pour éliminer son père. Vous avez failli tout gâcher cette nuit-là en insistant pour manger un hamburger. Et Ned n'a pas su que vous aviez parlé à quelqu'un. Ils ont dû avoir une peur bleue à l'idée de voir ce témoin se présenter.

– Et si quelqu'un l'avait reconnu alors et était venu témoigner qu'il l'avait vu acheter un hamburger ?

– Dans ce cas, il aurait dit qu'il était sorti en bateau et s'était arrêté ensuite pour acheter un hamburger, et que vous cherchiez si désespérément un alibi que vous l'aviez supplié de dire que vous étiez avec lui. Mais personne ne s'est présenté.

– C'eût été risqué de sa part, protesta Cynthia.

– Pas risqué. Simple, corrigea Alvirah. Croyez-moi, j'ai beaucoup réfléchi à la question. Vous seriez étonnée de savoir le nombre de cas où le meurtrier est en tête du cortège aux funérailles. C'est connu. » Elles avaient atteint l'arrière des bungalows. « Et maintenant ? demanda Cynthia.

– Maintenant nous allons chez vous attendre le coup de téléphone de votre demi-sœur. » Alvirah secoua la tête à l'adresse de

---

[1]. Moyen de défense lui permettant de se disculper.

Cynthia. « Vous ne me croyez toujours pas. Attendez et vous verrez. Je vais préparer une tasse de thé. Dommage que Creighton soit arrivé avant le début du déjeuner. La carte était alléchante. »

Elles mangeaient un sandwich thon-salade sur la terrasse du bungalow de Cynthia lorsque le téléphone sonna. « C'est Lillian », dit Alvirah. Elle suivit Cynthia dans la cuisine et la laissa répondre.

« Allô. » La voix de Cynthia était presque un murmure. Alvirah vit son visage se vider de ses couleurs. « Bonjour, Lillian. »

Alvirah serra le bras de la jeune femme et hocha énergiquement la tête.

« Oui, Lillian, je viens de voir Ned. Non, je ne plaisante pas. Je ne trouve rien de drôle à ça. Oui. Je viendrai ce soir. Ne t'inquiète pas pour le dîner. Ta présence me coupe l'appétit. Et, Lillian, j'ai expliqué à Ned ce que j'exige. Je ne changerai pas d'avis. » Cynthia raccrocha et se laissa tomber sur une chaise.

« Alvirah, Lillian a dit que mon accusation était grotesque, mais qu'elle connaissait son père et le savait capable de pousser n'importe qui hors de ses gonds[1]. Elle est habile.

– Voilà qui va nous aider à vous innocenter. Je vais vous confier ma broche en forme de soleil. Il faut que vous ameniez

---

1. Hors de soi.

Lillian à avouer que vous n'avez rien à voir avec le meurtre, qu'elle a poussé Ned à vous tendre un piège. À quelle heure lui avez-vous donné rendez-vous chez elle ?
— À vingt heures. Ned sera présent.
— Bon. Willy ira avec vous. Il restera dissimulé sur le plancher à l'arrière de la voiture. Pour un homme de sa taille, il est capable de se rouler en boule. Il veillera sur vous. Ils ne tenteront sûrement rien dans cette maison. Ce serait trop dangereux. » Alvirah décrocha sa broche. « Après Willy, c'est mon bien le plus précieux, dit-elle. Laissez-moi vous expliquer comment l'utiliser. »

Durant l'après-midi, Alvirah répéta à Cynthia ce qu'elle devait dire à sa demi-sœur. « Elle est la seule à avoir pu mettre de l'argent dans le restaurant. Probablement sous le couvert de financiers fictifs. Prévenez-la que si elle ne vous restitue pas votre part, vous allez engager un expert-comptable de vos amis, qui travaille pour l'administration.
— Elle sait que je n'ai pas un sou.
— Elle ne sait pas qui pourrait prendre fait et cause pour vous. Le réalisateur de cette émission sur les femmes en prison s'intéresse à vous, n'est-ce pas ?
— Oui, Jeff s'est en effet intéressé à mon cas. »
Alvirah plissa les yeux, puis une lueur brilla dans son regard. « Y a-t-il quelque chose entre vous et Jeff ?
— Si je suis innocentée de la mort de Stuart Richards, oui.

Sinon, il n'y aura jamais rien entre Jeff ou qui que ce soit et moi. »

À dix-huit heures, le téléphone sonna à nouveau. « Je vais répondre, décida Alvirah. Qu'ils sachent que je suis avec vous. » Son « Allô » retentissant fut suivi par un chaleureux bonjour. « Jeff, nous étions justement en train de parler de vous. Cynthia est à côté de moi. Quelle jolie fille ! Vous devriez la voir dans son ensemble neuf. Elle m'a tout raconté sur vous. Attendez. Je vais vous la passer. »

Alvirah écouta Cynthia expliquer : « Alvirah loue le bungalow voisin du mien. Elle a décidé de m'aider. Non, je n'ai pas l'intention de revenir. Oui, j'ai une raison de rester ici. Ce soir peut-être, je serai à même d'obtenir la preuve que je n'étais pas coupable de la mort de Stuart. Non, ne venez pas. Je ne veux pas vous voir, Jeff, pas maintenant... Jeff, oui, oui, je vous aime. Oui, si on m'innocente, je vous épouserai. »

Lorsque Cynthia raccrocha, elle était au bord des larmes. « Alvirah, je voudrais tellement faire ma vie avec lui. Vous savez ce qu'il vient de me dire ? Il a cité le *Highwayman*[1], ce joli poème de Noyes[2]. Il a dit : "Je viendrai à vous à la nuit tombée, même si l'enfer me barre la route." »

– Il me plaît, déclara sans détour Alvirah. Je peux imaginer quelqu'un d'après sa voix au téléphone. Compte-t-il venir ce soir ? Je ne voudrais pas vous savoir bouleversée ou distraite.

---

1. Littéralement, « bandit de grand chemin ».
2. Alfred Noyes (1880-1958), poète anglais, inspiré par les légendes populaires.

– Non. C'est lui qui présente le journal de vingt-deux heures. Mais je parie tout ce que vous voulez qu'il débarquera demain.

– Il faudra voir ça. Plus il y aura de gens autour de cette affaire, plus Lillian et Ned risquent d'avoir la puce à l'oreille. » Alvirah jeta un coup d'œil par la fenêtre. « Oh, tiens, voilà Willy. Dieu du ciel, il a pris encore davantage de ces damnés bluefish. Ils me donnent des brûlures d'estomac, mais je n'oserai jamais le lui dire. Dès qu'il part à la pêche, je fourre un paquet de bicarbonate[1] dans ma poche. Allons-y ! »

Elle ouvrit la porte à un Willy béat brandissant fièrement une ligne au bout de laquelle se balançaient tristement deux malheureux poissons. Le sourire de Willy s'évanouit à la vue de la tignasse rouquine d'Alvirah et de la robe imprimée violette qui lui boudinait la taille.

« Allons bon, s'exclama-t-il. Est-ce qu'ils ont déjà repris le fric de la loterie ? »

À dix-neuf heures trente, après avoir consciencieusement avalé la dernière pêche de Willy, Alvirah posa une tasse de thé devant Cynthia. « Vous n'avez rien mangé, dit-elle. Il faut vous nourrir pour garder les idées claires. Vous avez tout compris ? »

Cynthia effleura la broche de ses doigts. « Je crois que oui. Ce n'est pas compliqué à première vue.

– N'oubliez pas, l'argent a dû passer d'une main à l'autre entre ces deux-là – et si malins soient-ils, on peut le prouver.

---

1. Le bicarbonate (de soude) facilite la digestion.

S'ils acceptent de vous payer, proposez-leur de réduire vos exigences à condition qu'ils vous avouent la vérité. Compris ?
– Compris. »
À dix-neuf heures cinquante, Cynthia s'engageait dans l'allée sinueuse, Willy couché sur le plancher à l'arrière de la voiture. Le ciel s'était couvert en fin d'après-midi. Alvirah traversa la maison et se dirigea vers la terrasse à l'arrière. Le vent fouettait la baie, gonflant les vagues qui venaient éclater sur la plage. Un roulement de tonnerre grondait dans le lointain. La température avait chuté et soudain on se serait cru en octobre plutôt qu'en août. Frissonnante, Alvirah hésita à aller chercher un chandail chez elle, puis elle se ravisa. Elle voulait être présente au cas où quelqu'un téléphonerait.

Elle se prépara une seconde tasse de thé et s'installa à la table du coin-cuisine, tournant le dos à la porte qui ouvrait sur la terrasse, et elle commença à rédiger le brouillon de l'article qu'elle comptait envoyer bientôt au *New York Globe* : *Cynthia Lathem, qui avait dix-neuf ans à l'époque de sa condamnation à douze ans de prison pour un meurtre qu'elle n'avait pas commis, peut aujourd'hui prouver son innocence.*

« Oh, je ne crois pas que ça va se passer comme ça », dit une voix derrière elle.

Alvirah se tourna brusquement et leva la tête vers le visage sombre et menaçant de Ned Creighton.

Cynthia attendit sur les marches de la véranda de la maison familiale des Richards. À travers l'imposante porte de chêne, elle entendait le faible tintement du carillon. Il lui vint tout à coup à l'esprit qu'elle possédait encore sa clé de cette maison et elle se demanda si Lillian avait changé les serrures.

La porte s'ouvrit et Lillian apparut dans le hall de l'entrée. La lumière de la lampe Tiffany au-dessus de sa tête éclairait ses hautes pommettes, ses grands yeux bleus, ses cheveux d'un blond cendré. Cynthia sentit un frisson glacé la traverser. En douze ans, Lillian était devenue le portrait craché de Stuart. Plus petite, bien sûr. Plus jeune aussi, mais néanmoins une version féminine de l'homme à la superbe prestance[1] de son souvenir. Avec la même lueur de cruauté dans les yeux.

« Entre, Cynthia. » La voix de Lillian n'avait pas changé. Claire, composée, mais avec cette note acérée[2], agacée, qui marquait l'élocution de Stuart Richards.

En silence, Cynthia suivit Lillian dans l'entrée. La salle de séjour était faiblement éclairée. Elle était telle que dans ses souvenirs. La disposition des meubles, les tapis d'Orient, le tableau au-dessus de la cheminée – rien n'avait changé. La salle à manger majestueuse sur la gauche avait encore l'apparence inhabitée qui l'avait toujours caractérisée. Ils prenaient généralement leurs repas dans la petite pièce qui jouxtait[3] la bibliothèque.

Elle s'était attendue à ce que Lillian la conduise dans la bibliothèque. Mais elle alla directement à l'arrière de la maison, vers le bureau où Stuart était mort. Cynthia serra les lèvres,

---

1. Allure.
2. Tranchante.
3. Avoisinait.

vérifia la présence de la broche. Était-ce un moyen de l'effrayer ? se demanda-t-elle.

Lillian s'assit derrière le bureau massif.

Cynthia revit la nuit où elle était entrée dans cette pièce pour trouver Stuart étendu sur le tapis au pied de ce même bureau. Elle sentit ses mains devenir moites. Des gouttes de transpiration perlaient sur son front. Dehors, elle entendait le vent gémir en forcissant.

Lillian joignit les mains et leva les yeux vers Cynthia. « Tu peux t'asseoir. »

Cynthia se mordit les lèvres. Le restant de ses jours allait dépendre de ce qu'elle dirait dans les minutes suivantes. « Je crois que c'est à moi de décider qui doit s'asseoir ou non, dit-elle à Lillian. Ton père m'avait légué cette maison. Lorsque tu as téléphoné, tu as parlé d'arrangement. Pas de manigances maintenant. Et n'essaie pas de m'impressionner. La prison m'a ôté toute timidité. Crois-moi. Où est Ned ?

— Il va arriver d'une minute à l'autre. Cynthia, ces accusations que tu portes contre lui sont insensées. Tu le sais.

— Je croyais être venue pour discuter de ma part de l'héritage de Stuart.

— Tu es venue parce que j'ai pitié de toi et que je veux te donner une chance de partir quelque part et de commencer une nouvelle vie. Je suis prête à te constituer un capital t'assurant un revenu mensuel. Une autre femme ne se montrerait pas aussi généreuse envers la meurtrière de son père. »

Cynthia dévisagea Lillian, notant le mépris dans son regard, le calme glacial de son attitude. Elle devait briser cette belle assurance. Elle se dirigea vers la fenêtre et regarda dehors. La pluie tambourinait contre la fenêtre. Des coups de tonnerre brisaient le silence de la pièce. « Je me demande comment Ned se serait arrangé cette nuit-là pour m'éloigner de la maison s'il avait plu comme ce soir, dit-elle. Le temps a joué en sa faveur, n'est-ce pas ? Chaud et nuageux. Aucun bateau dans les environs. Seul cet unique témoin que j'ai enfin retrouvé. Ned ne t'a-t-il pas dit que cette femme l'avait formellement identifié ?

– Qui croirait quelqu'un capable de reconnaître un inconnu après plus de douze ans ? Cynthia, j'ignore qui tu as engagé pour cette farce, mais je te préviens – laisse tomber. Accepte mon offre, ou je me verrai forcée d'appeler la police et de te faire arrêter pour harcèlement. N'oublie pas qu'il est très facile de faire révoquer[1] la mise en liberté conditionnelle d'un criminel.

– La liberté conditionnelle d'un criminel, je te l'accorde. Mais je ne suis pas une criminelle, et tu le sais. » Cynthia se dirigea vers le secrétaire XVIIe et ouvrit le tiroir du haut. « Je savais que Stuart gardait un revolver ici. Mais tu le savais certainement aussi bien que moi. Tu as affirmé qu'il ne t'avait jamais parlé de son intention de modifier son testament et de me laisser la part de sa fortune auparavant destinée à Dartmouth. Mais tu mentais. Si Stuart m'a fait venir pour m'entretenir de son testament, il ne t'a certainement pas caché ses intentions.

– Il ne m'a rien dit. Je ne l'avais pas vu depuis trois mois.

---

1. Annuler.

Meurtre à Cape Cod

— Peut-être ne l'as-tu pas vu, mais tu lui as parlé, non ? Tu pouvais accepter que Dartmouth hérite de la moitié de sa fortune, mais tu ne pouvais pas supporter l'idée de partager cet argent avec moi. Tu m'as toujours détestée, tout au long des années où j'ai vécu dans cette maison, parce que ton père m'aimait. Et que vous passiez votre temps à vous quereller. Tu as le même tempérament détestable que lui. »

Lillian se leva. « Tu ne sais pas ce que tu dis. »

Cynthia referma brusquement le tiroir. « Oh que si, je le sais. Et chacun des faits qui m'ont condamnée te condamnera. J'avais une clé de cette maison. Toi aussi. Il n'y avait aucun signe de lutte. Je ne crois pas que tu aies engagé quelqu'un pour le tuer. Je crois que tu t'en es chargée toi-même. Stuart avait un bouton d'alarme sur son bureau. Il n'y a pas touché. Comment aurait-il imaginé que sa propre fille lui voulait du mal ? Pourquoi Ned est-il justement venu par hasard cet après-midi-là ? Tu savais que Stuart m'avait invitée à passer le week-end ici. Tu savais qu'il m'encouragerait à sortir avec Ned. Stuart aimait la compagnie, et l'instant d'après il avait envie d'être seul. Peut-être Ned ne te l'a-t-il pas expliqué clairement. La femme témoin que j'ai retrouvée tient un journal. Elle me l'a montré. Elle y note ses faits et gestes chaque soir depuis l'âge de vingt ans. Il est impossible que cette information ait pu être combinée. Elle a fait ma description. Elle a décrit la voiture de Ned. Elle a même noté le vacarme des gosses dans la queue et la façon dont tout le monde s'impatientait contre eux. »

Je la tiens, se dit Cynthia. Le visage de Lillian avait pâli. Sa gorge palpitait nerveusement. Délibérément, Cynthia se rapprocha du bureau afin de pointer la broche directement sur sa demi-sœur. « Tu as bien joué, hein ? fit-elle. Ned n'a pas mis un sou dans ce restaurant avant que je ne sois enfermée en prison. Et je suis certaine qu'en apparence il a quelques financiers respectables. Mais aujourd'hui l'administration est terriblement douée pour remonter à la source de l'argent blanchi. Ton argent, Lillian.

– Tu ne pourras jamais le prouver. » La voix de Lillian avait pris un ton perçant.

Oh, Seigneur, si je pouvais parvenir à la faire avouer, pria Cynthia. Elle agrippa de toutes ses forces le bord du bureau et se pencha en avant. « Peut-être pas. Mais n'en cours pas le risque. Veux-tu que je te dise ce que tu ressentiras lorsqu'on prendra tes empreintes digitales, quand on te passera les menottes aux poignets ? Veux-tu que je te raconte à quoi ressemble le fait d'être assise à côté d'un avocat et d'entendre le procureur vous accuser de meurtre ? De scruter[1] le visage des jurés ? Les jurés sont des gens ordinaires. Vieux. Jeunes. Noirs. Blancs. Bien ou pauvrement vêtus. Mais ils tiennent le reste de ta vie dans leurs mains. Et, Lillian, je peux t'assurer que tu la supporteras mal, cette attente. La preuve est beaucoup plus accablante pour toi qu'elle ne l'a jamais été pour moi. Tu n'as pas le tempérament ou le cran de traverser tout ça. »

---

1. D'examiner attentivement.

Lillian se leva. « N'oublie pas qu'il a fallu payer beaucoup d'impôts au moment de la succession. Combien veux-tu ? »

« Vous auriez mieux fait de rester en Arizona », dit Ned Creighton à Alvirah. Il pointait un pistolet vers sa poitrine. Assise à la table du coin-cuisine, Alvirah évalua ses chances de s'échapper. Il n'y en avait aucune. Il avait cru son histoire ce matin, et maintenant il allait la tuer. Alvirah avait toujours su qu'elle était douée pour la comédie. Devait-elle le prévenir que son mari allait arriver d'une minute à l'autre ? Non. Au restaurant, elle lui avait dit qu'elle était veuve. Combien de temps Willy et Cynthia resteraient-ils absents ? Trop longtemps. Lillian ne laisserait pas Cynthia partir avant d'être sûre qu'il n'existait plus de témoin en vie. Mais peut-être une idée lui germerait-elle dans l'esprit si elle continuait à le faire parler. « Combien avez-vous touché pour participer au meurtre » ? demanda-t-elle.

Un sourire mauvais étira les lèvres de Ned Creighton. « Trois millions. Juste assez pour mettre sur pied un restaurant de grande classe. »

Alvirah regretta d'avoir prêté sa broche à Cynthia. Elle tenait la preuve. La preuve absolue, irréfutable, et elle ne pouvait pas l'enregistrer. Et s'il lui arrivait malheur, personne n'en aurait connaissance. Une chose est certaine, pensa-t-elle. Si jamais je m'en sors, je demanderai à Charley Evans de me donner une broche de rechange. Peut-être en argent, cette fois.

Creighton agita le pistolet. « Debout. »

Alvirah repoussa la chaise, appuya ses mains sur la table. Le sucrier était devant elle. Si elle le lui jetait à la figure ? Elle savait qu'elle visait bien, mais une balle est plus rapide qu'un sucrier.

« Allons dans le séjour. » Tandis qu'elle contournait la table, Creighton tendit la main, s'empara de ses notes et du début de son article qu'il fourra dans sa poche.

Il y avait un rocking-chair[1] près de la cheminée. Creighton le désigna. « Asseyez-vous là. »

Alvirah s'assit lourdement, le pistolet de Ned toujours pointé vers elle. Si elle faisait basculer le rocking-chair en avant et se jetait de tout son poids sur lui, pourrait-elle lui échapper ? Creighton prit une petite clé accrochée au manteau de la cheminée. Se penchant en avant, il l'introduisit dans un cylindre placé dans l'une des briques et la tourna. Le sifflement du gaz s'échappa de la cheminée. Il se redressa. D'une boîte posée sur le manteau il sortit une longue allumette, la frotta sur la brique, éteignit la flamme qui en jaillit et la jeta dans le foyer. « Il fait froid, dit-il. Vous avez décidé de faire une flambée. Vous avez tourné le bouton du brûleur. Vous avez jeté une allumette, mais elle n'a pas pris. Lorsque que vous vous êtes penchée pour fermer le brûleur et recommencer, vous avez perdu l'équilibre et vous êtes tombée. Votre tête a heurté le manteau de pierre et vous avez perdu connaissance. Un terrible accident pour une

---

1. Un fauteuil à bascule.

femme aussi charmante. Cynthia sera bouleversée lorsqu'elle vous trouvera. »

Les émanations de gaz envahissaient la pièce. Alvirah essaya de basculer le rocking-chair en avant. Elle devait tenter de donner un coup de tête à Creighton et lui faire lâcher son arme. Elle ne fut pas assez rapide. Une poigne d'acier lui saisit l'épaule. L'impression d'être poussée en avant... sa tempe qui heurtait le foyer de pierre... Avant de perdre connaissance, Alvirah sentit l'odeur écœurante du gaz lui emplir les narines.

« Voilà Ned, dit calmement Lillian au son du carillon de la porte. Je vais lui ouvrir. »

Cynthia attendit. Lillian n'avait encore rien reconnu. Parviendrait-elle à faire avouer à Ned Creighton qu'il était complice ? Elle avait l'impression d'être un funambule sur un fil glissant, avançant pas à pas au-dessus d'un précipice. Si elle tombait, le reste de sa vie ne vaudrait pas la peine d'être vécu.

Creighton entrait dans la pièce à la suite de Lillian. « Bonsoir, Cynthia. » Un hochement de tête impersonnel, sans animosité. Il approcha une chaise du bureau où Lillian avait étalé des documents.

« Je m'apprêtais à donner à Cynthia une idée du montant de la succession une fois déduits les impôts, dit Lillian à Creighton. Puis nous évaluerons sa part.

– Ne déduis pas la somme que tu as payée à Ned sur la part qui me revenait légalement », dit Cynthia. Elle vit le regard furieux que lança Ned à Lillian. « Oh, je vous en prie, dit-elle sèchement, que tout soit clair entre nous trois. »

Lillian répliqua froidement : « Je t'ai dit que je voulais te donner ta part de l'héritage. Je sais que mon père pouvait pousser les gens à bout. Je le fais parce que j'ai pitié de toi. À présent, examinons les chiffres. »

Pendant les quinze minutes suivantes, Lillian sortit les bilans. « En tenant compte des impôts, puis des intérêts sur le capital restant, ta part devrait aujourd'hui se monter à cinq millions de dollars.

— Plus cette maison », l'interrompit Cynthia. Elle s'aperçut soudain que Ned et Lillian semblaient de plus en plus détendus à mesure que le temps passait. Ils souriaient.

« Oh, pas la maison, protesta Lillian. Les gens jaseraient[1]. Nous la ferons estimer et je t'en remettrai le prix. N'oublie pas que je me montre très généreuse, Cynthia. Mon père jouait avec la vie des gens. Il était cruel. Si tu ne l'avais pas assassiné, quelqu'un d'autre l'aurait fait. C'est pourquoi j'agis ainsi.

— Tu agis ainsi parce que tu ne veux pas te retrouver devant un tribunal et prendre le risque d'être accusée de meurtre, voilà pourquoi. » Oh, Seigneur, pensa Cynthia, c'est sans espoir. Si je ne parviens pas à lui faire avouer, tout est fini. Demain, ils pourront démasquer Alvirah. « Tu peux garder la maison, dit-elle. Je ne demande rien en échange. Donne-moi seulement la

---

1. Médiraient.

satisfaction d'entendre la vérité. Avoue que je n'ai rien à voir avec le meurtre de ton père. »

Lillian jeta un coup d'œil à Ned, puis à la pendule. « Je crois, maintenant, que nous pourrions honorer cette requête. » Elle se mit à rire. « Cynthia, je suis comme mon père, j'aime jouer avec les gens. Mon père m'a effectivement téléphoné pour me prévenir de son intention de changer son testament. Je pouvais supporter de partager la moitié de l'héritage avec Dartmouth, mais pas avec toi. Il m'a annoncé ta venue – et le reste fut un jeu d'enfant. Ma mère était une femme merveilleuse. Elle ne s'est pas fait prier pour témoigner que je me trouvais à New York avec elle ce soir-là. Ned ne refusa pas une confortable somme d'argent pour t'emmener faire un tour en bateau. Tu es intelligente, Cynthia. Plus intelligente que les types du bureau du procureur. Plus intelligente que ce crétin d'avocat qui t'a défendue. »

Pourvu que l'enregistreur fonctionne, pria Cynthia. Pourvu qu'il marche. « Et assez intelligente pour avoir retrouvé le témoin qui peut confirmer mon histoire », ajouta-t-elle.

Lillian et Ned éclatèrent de rire. « Quel témoin ? demanda Ned.

– Va-t'en, lui dit Lillian. Sors à la minute. Et ne remets plus les pieds ici. »

Jeff Knight conduisait rapidement le long de la nationale 6, s'efforçant de lire les panneaux à travers les torrents d'eau qui s'abattaient sur le pare-brise. Sortie 8. Il n'était plus bien loin. Le réalisateur du journal de vingt-deux heures s'était montré inhabituellement accommodant. Pas sans arrière-pensées, bien sûr. « Allez-y. Si Cynthia Lathem se trouve à Cape Cod et croit tenir une piste concernant la mort de son beau-père, c'est le reportage de l'année ! »

Jeff se fichait comme d'une guigne[1] du reportage. Son seul souci était Cynthia. Il agrippa le volant de ses longs doigts robustes. Il avait obtenu son adresse et son numéro de téléphone auprès de son agent de probation.

Il avait passé de nombreux étés à Cape Cod. C'est pourquoi il s'était senti tellement frustré en constatant que ses efforts pour prouver l'épisode du fast-food n'avaient rien donné. Mais il avait toujours séjourné à Eastham, à quatre-vingts kilomètres de Cotuit.

Sortie 8. Il tourna dans Union Street, prit la route 6A. Encore trois kilomètres. Pourquoi avait-il cette impression de menace ? Si Cynthia était vraiment sur le point d'obtenir une preuve capable de l'innocenter, elle était peut-être en danger.

Il dut freiner à mort en atteignant l'embranchement de Nobscusset Road. Ignorant le stop, une voiture avait surgi à pleine vitesse de Nobscusset et traversé la 6A. Quel malade, se dit-il en tournant sur la gauche vers la baie. Il s'aperçut que tous les environs étaient plongés dans l'obscurité. Une panne de secteur. Il déboucha dans l'impasse, tourna sur la gauche. Le bun-

---

1. Ne se souciait pas du tout.

galow devait se trouver quelque part sur ce chemin sinueux. Numéro six. Il ralentit, s'efforçant de lire à la lumière des phares les numéros inscrits sur les boîtes aux lettres. Douze. Huit. Six. Jeff s'arrêta dans l'allée, ouvrit à la hâte la portière et courut sous l'averse vers le bungalow. Il garda le doigt appuyé sur la sonnette, puis se rappela qu'il n'y avait pas de courant. Il frappa plusieurs fois à la porte. Il n'y eut pas de réponse. Cynthia n'était pas chez elle.

Il commençait à descendre les marches quand une peur soudaine, irraisonnée, lui fit rebrousser chemin, frapper à nouveau à la porte, puis tourner le bouton. La porte n'était pas fermée à clé. Il l'ouvrit. « Cynthia ! » appela-t-il, puis il sursauta, sentant une odeur de gaz lui monter aux narines. Il entendit le sifflement du brûleur de la cheminée. Se précipitant pour le fermer, il trébucha sur le corps inanimé d'Alvirah.

Willy s'agitait à l'arrière de la voiture de Cynthia. Elle était dans cette maison depuis plus d'une heure à présent. Le type, qui était arrivé plus tard, s'y trouvait depuis quinze minutes. Willy ne savait quelle décision prendre. Alvirah ne lui avait pas vraiment donné d'instructions précises. Elle voulait seulement qu'il soit là pour s'assurer que Cynthia sortait tranquillement de la maison.

Il se demandait encore quoi faire quand il entendit le hurlement déchirant des sirènes. Des voitures de police. Le bruit se rapprochait. Bouche bée, Willy les vit tourner dans la longue allée de la propriété des Richards et foncer dans sa direction.

Les policiers jaillirent d'un bond de leurs véhicules, gravirent les marches et frappèrent à la porte.

Un moment plus tard, une voiture apparut dans l'allée et s'arrêta derrière celles de la police. Willy vit un grand type en trench-coat en sortir, gravir deux par deux les marches de la véranda. Willy sortit de sa cachette, se mit péniblement debout et remonta l'allée.

Il arriva à temps pour soutenir Alvirah qui sortait en chancelant de l'arrière de la voiture. Même dans le noir, il aperçut la marque sur son front. « Chérie, qu'est-il arrivé ?

– Je te raconterai plus tard. Aide-moi à entrer. Je ne veux pas rater ça. »

Dans le bureau de feu Stuart Richards, Alvirah connut son heure de gloire. Pointant le doigt vers Ned, de son ton le plus vibrant, elle déclara : « Il m'a menacée d'un pistolet. Il a tourné le robinet du gaz, m'a heurté la tête contre la cheminée. Et il m'a dit que Lillian Richards l'avait payé trois millions de dollars pour faire accuser Cynthia de meurtre. »

Cynthia regarda sa demi-sœur. « Et à moins que les piles de l'appareil d'Alvirah ne soient mortes, je les ai enregistrés tous les deux en train d'avouer qu'ils sont coupables. »

Le lendemain matin, Willy prépara un petit déjeuner tardif qu'il servit sur la terrasse. L'orage était passé et le ciel était à nouveau d'un bleu radieux. Les mouettes plongeaient en piqué sur le premier poisson qui nageait en surface. La baie était calme, les enfants bâtissaient des châteaux de sable au bord de l'eau.

Alvirah, à peine troublée par son aventure, avait terminé et dicté son article au téléphone à Charley Evans. Charley lui avait promis la plus belle des broches étoilées en argent, munie d'un microphone si sensible qu'il pourrait enregistrer une souris grignotant dans la pièce à côté.

Tout en dévorant un beignet au chocolat avec son café, elle s'exclama : « Tiens, voilà Jeff ! C'est dommage qu'il ait dû regagner Boston hier soir. Il était épatant au journal télévisé de ce matin, en train de raconter l'histoire en détail et de rapporter comment Ned Creighton avait tout déballé aux flics ! Crois-moi, les chaînes vont se l'arracher.

– Ce garçon t'a sauvé la vie, chérie, dit Willy. Pour moi, c'est avant tout un type formidable. Je ne peux pas croire que j'étais recroquevillé dans cette voiture comme un diable dans sa boîte pendant que le gaz était en train de t'asphyxier. »

Ils virent Jeff sortir de la voiture et Cynthia courir dans l'allée et s'élancer dans ses bras.

Alvirah repoussa sa chaise. « Je vais vite leur dire bonjour. C'est une bénédiction de les voir ensemble. Ils s'aiment tellement. »

Willy posa doucement mais fermement sa main sur l'épaule de sa femme. « Alvirah, chérie, supplia-t-il, pour une fois, pendant cinq minutes, occupe-toi de tes affaires. »

BIEN LIRE
- À quel moment du récit comprend-on le plan de Cynthia et Alvirah ?
- Page 75 : Où Alvirah se trouve-t-elle lorsqu'elle est agressée par Ned ? Pourquoi ?
- Page 86 : Selon vous, qui pourrait être au volant de la voiture évoquée à la ligne 1274 ? Pourquoi une telle vitesse ?

LE CADAVRE DANS LE PLACARD

Si en cette chaude soirée d'août Alvirah Meehan avait su ce qui l'attendait dans son luxueux et nouvel appartement de Central Park South, elle serait remontée aussi sec dans l'avion. Or, pas la moindre prémonition[1] n'avait effleuré son esprit, tandis que l'appareil tournait au-dessus de la piste d'atterrissage.

Certes, Willy et elle avaient contracté le virus du voyage et parcouru la planète depuis ce jour béni où ils avaient gagné quarante millions de dollars à la loterie, cependant Alvirah retrouvait toujours New York avec le même plaisir. Et c'était à chaque fois le cœur en fête qu'elle contemplait la vue qui s'offrait de l'avion : les gratte-ciel se découpant sur les nuages, les lumières des ponts qui enjambaient l'East River.

Willy tapota sa main et Alvirah se tourna vers lui avec un sourire affectueux. Il avait belle allure dans sa veste de lin qui mettait en valeur ses yeux bleus. Avec son épaisse crinière blanche, Willy était le portrait craché de Tip O'Neil, personne ne pouvait dire le contraire.

Alvirah arrangea ses cheveux auburn[2], récemment teints et mis en plis par Dale of London. En apprenant qu'elle s'apprêtait à fêter ses soixante ans, Dale s'était exclamé : « Vous me faites marcher ! » Alvirah prenait les compliments pour ce qu'ils étaient, mais éprouvait néanmoins du plaisir à les entendre.

---

1. Pas le moindre pressentiment.
2. Châtain roux, avec des reflets cuivrés.

Oui, réfléchit-elle en admirant la ville qui s'étendait au-dessous d'elle, la vie s'était montrée généreuse envers eux. Non seulement ils avaient pu voyager à leur gré et profiter de tout le luxe imaginable, mais leur récente fortune leur avait ouvert des horizons inattendus, comme l'occasion de collaborer à l'un des journaux les plus importants de la ville, le *New York Globe*. Tout avait commencé le jour où un journaliste, rédacteur en chef du *Globe*, était venu les trouver après qu'ils eurent gagné à la loterie. Alvirah lui avait raconté qu'elle allait enfin réaliser un vieux rêve, faire un séjour dans l'élégant institut de remise en forme de Cypress Point, ajoutant que c'était moins la cure qui l'intéressait que la chance d'y rencontrer toutes les célébrités dont elle lisait les faits et gestes avec délectation.

Flairant tout de suite chez Alvirah un talent particulier pour dénicher l'information et aller au bout de ses recherches, le rédacteur en chef l'avait convaincue de travailler pour lui. Sa mission consisterait à rester en permanence à l'affût, dans l'intention de rédiger un article sur son expérience personnelle au milieu des vedettes qui se retrouvaient dans ce centre. Et pour l'aider à recueillir ses tuyaux, il lui avait donné une broche en forme de soleil munie d'un micro miniature. Ainsi pouvait-elle enregistrer ses impressions immédiates, et recueillir en même temps quelques bribes des conversations de tous ces gens qu'elle était tellement avide de rencontrer.

Les résultats avaient dépassé de très loin tous les espoirs du *Globe* : au cours de son séjour, Alvirah avait enregistré grâce à son

Le Cadavre dans le placard

micro l'homme qui s'apprêtait à l'assassiner, un individu décidé à la supprimer parce qu'elle s'était mis en tête d'enquêter sur un meurtre perpétré[1] dans l'établissement. Grâce à sa découverte – et au micro –, Alvirah avait non seulement permis d'arrêter le criminel mais s'était embarquée dans une carrière totalement nouvelle et imprévue de chroniqueuse et détective amateur.

Aujourd'hui, tout en bouclant sa ceinture, elle effleura du doigt sa broche – qu'elle portait plus ou moins en permanence, quelle que soit sa tenue vestimentaire – et pensa que son rédacteur en chef allait se montrer déçu.

« Ce voyage a été merveilleux, fit-elle remarquer à Willy, mais sans rien qui puisse faire l'objet d'un article. Le moment le plus excitant a été celui où la Reine est venue prendre le thé au Stafford Court Hotel et où le chat du directeur de l'hôtel a sauté sur ses corgis[2].

– Pour une fois que nous avons passé des vacances tranquilles, je ne m'en plains pas, dit Willy. Je supporte mal de te voir risquer ta vie en jouant les détectives. »

L'hôtesse de la British Airways parcourait l'allée de la cabine de première classe, vérifiant les ceintures des passagers. « J'ai été ravie de bavarder avec vous », leur dit-elle. Willy lui avait raconté, comme à chaque fois qu'il trouvait une oreille attentive, qu'il avait été plombier et Alvirah femme de ménage avant de gagner quarante millions de dollars à la loterie. « Seigneur !

---
1. Commis.
2. Petits bergers gallois ; chiens que la reine d'Angleterre possède effectivement.

s'était exclamée la jeune femme en se tournant vers Alvirah. Je n'arrive pas à croire que vous avez été domestique. »

Peu après l'atterrissage, ils se retrouvèrent dans la limousine qui les attendait à la sortie de l'aéroport, leurs bagages Vuitton entassés dans le coffre. Comme toujours, août à New York était chaud, poisseux et suffocant. La climatisation de la voiture ne fonctionnait pas, et Alvirah avait hâte de retrouver la fraîcheur de leur nouvel appartement de Central Park South. Ils avaient conservé l'ancien trois pièces de Flushing[1] où ils avaient vécu trente années de leur existence avant que la loterie ne change leur vie. Comme le disait Willy, la ville de New York serait peut-être ruinée un jour et les gagnants de la loterie obligés de tirer un trait définitif sur le reste de leurs gains[2].

Lorsque la limousine s'arrêta devant l'immeuble, le portier leur ouvrit la porte.

« Vous devez mourir de chaleur, fit remarquer Alvirah. Ils pourraient vous dispenser de porter votre uniforme pendant les travaux. »

L'immeuble était en complète rénovation. Lorsqu'ils avaient acheté l'appartement au printemps dernier, l'agent immobilier leur avait promis que la remise en état des lieux serait achevée en quelques semaines. Il était clair à la vue de l'échafaudage dans le hall qu'il s'était montré excessivement optimiste.

---

[1]. Quartier populaire du Queens, l'un des cinq districts de la ville de New York.
[2]. Les sommes gagnées à la loterie sont payées annuellement pendant vingt ans (N.d.T.).

Le Cadavre dans le placard

Devant la batterie d'ascenseurs, ils furent rejoints par un autre couple, un homme d'une cinquantaine d'années, de haute taille, accompagné d'une femme en tailleur de soie blanc dont le visage affichait l'air dégoûté de quelqu'un qui vient d'ouvrir le réfrigérateur et y a senti une odeur d'œuf pourri. Je les connais, pensa Alvirah, fouillant instinctivement dans sa prodigieuse mémoire. Il s'agissait de Carlton Rumson, le célèbre producteur de Broadway, et de sa femme, Victoria, jadis actrice, ex-candidate au titre de Miss Amérique une trentaine d'années auparavant.

« Monsieur Rumson ! » Avec un large sourire, Alvirah tendit la main. « Je suis Alvirah Meehan. Nous nous sommes rencontrés à l'institut de Cypress Point, à Pebble Beach. Quelle heureuse surprise ! Voici mon mari, Willy. Habitez-vous dans l'immeuble ? »

Le sourire de Rumson disparut aussi vite qu'il était apparu.

« Nous y avons un pied-à-terre. »

Il adressa un signe de tête à Willy, puis leur présenta rapidement sa femme. La porte de l'ascenseur s'ouvrit, tandis que Victoria Rumson les saluait d'un battement de paupières. Quel glaçon ! pensa Alvirah, notant le profil parfait empreint d'arrogance[1], les cheveux platine retenus en chignon. À force de lire *People*, *Us*, le *National Enquirer* et nombre de chroniques mondaines, Alvirah avait acquis quantité d'informations sur les célébrités du monde entier.

Ils venaient juste de s'arrêter au trente-troisième étage, lors-

---

1. De mépris.

qu'elle se souvint des bruits qui circulaient sur Rumson. Sa réputation de don Juan faisait la joie des chroniqueurs. La capacité de sa femme à fermer les yeux sur ses incartades[1] lui avait valu le surnom de « Vicky-n'y-voit-aucun-mal ».

« Monsieur Rumson, dit Alvirah, le neveu de Willy, Brian McCormack, est un jeune auteur dramatique[2] plein de talent. Il vient d'achever sa deuxième pièce et j'aimerais beaucoup que vous la lisiez. »

Rumson fit une moue agacée.

« Vous trouverez l'adresse de mes bureaux dans l'annuaire », dit-il.

Alvirah insista : « La première pièce de Brian se joue off Broadway en ce moment même. Un critique a comparé Brian à un jeune Neil Simon[3].

— Viens, chérie, la pressa Willy. Tu importunes ces personnes. »

Subitement, l'expression glaciale de Victoria Rumson s'adoucit. « Chéri, dit-elle. J'ai entendu parler de Brian McCormack. Pourquoi ne lirais-tu pas sa pièce ici au lieu de la faire envoyer à ton bureau où elle risque d'être jetée aux oubliettes ?

— C'est vraiment adorable de votre part, Victoria, dit Alvirah avec chaleur. Vous l'aurez dès demain. »

Comme ils sortaient de l'ascenseur et se dirigeaient vers leur

---

1. Écarts de conduite.
2. Un jeune dramaturge (du grec *drama*, « action »).
3. Réalisateur et scénariste américain, né en 1927.

appartement, Willy demanda : « Chérie, tu ne crois pas que tu t'es montrée un peu trop insistante ?
— Absolument pas, dit Alvirah. Qui ne tente rien n'a rien. Tout ce que je peux faire pour donner un coup de pouce à la carrière de Brian me paraît justifié. »

Leur appartement jouissait d'une vue panoramique sur Central Park. Alvirah n'y entrait jamais sans se rappeler qu'elle avait longtemps considéré la maison de Mme Chester Lollop à Little Neck, où elle faisait jadis le ménage tous les jeudis, comme un palais en miniature. Seigneur, ses yeux s'étaient bel et bien ouverts durant ces dernières années !

Ils avaient acheté l'appartement entièrement meublé à un courtier[1] qui avait été condamné pour délit d'initié[2]. Il venait de le faire décorer par un architecte d'intérieur qui, à l'entendre, était la coqueluche[3] du Tout-Manhattan. Alvirah avait secrètement quelques doutes sur ce genre de coqueluche. La pièce de séjour, la salle à manger et la cuisine étaient d'un blanc pur. Il fallait continuellement déhousser les canapés, la plus petite tache ressortait sur l'épaisse moquette du même blanc ; quant aux placards, comptoirs, marbres et accessoires, tout aussi immaculés, ils lui rappelaient les baignoires, lavabos et cuvettes qu'elle s'était toute sa vie escrimée à nettoyer.

Et ce soir, il y avait quelque chose de nouveau, une note affichée sur la porte-fenêtre qui ouvrait sur la terrasse. Alvirah lut :

---

1. Un intermédiaire dans les transactions commerciales ou immobilières.
2. Pour s'être enrichi grâce à des secrets boursiers qu'il n'aurait pas dû exploiter.
3. L'objet d'admiration.

L'inspection de l'immeuble signale que cet appartement est l'un des rares où un défaut structurel a été décelé au niveau de la balustrade[1] et du revêtement de la terrasse. Votre terrasse ne présente aucun danger pour une utilisation courante, mais prenez garde que personne ne s'appuie à la balustrade. Les réparations seront exécutées le plus rapidement possible.

Alvirah lut la notice à haute voix à l'intention de Willy et haussa les épaules.

« Bon, j'ai assez de bon sens pour ne pas m'appuyer à une balustrade, solide ou non. »

Willy sourit d'un air penaud[2]. Il avait le vertige et ne mettait jamais le pied sur la terrasse. Comme il l'avait dit le jour où ils avaient acheté l'appartement : « Tu aimes l'air, j'aime la terre. »

Willy alla à la cuisine brancher la bouilloire. Alvirah sortit par la porte-fenêtre. L'air suffocant la frappa comme une vague brûlante mais elle n'en avait cure[3]. Elle aimait tout particulièrement se tenir là, en contemplation devant le parc, admirant les lumières qui donnaient un air de fête aux arbres autour de la Tavern on the Green[4], le joyeux ruban des phares des voitures, les silhouettes des calèches dans le lointain.

Comme c'est bon d'être de retour ! pensa-t-elle à nouveau, rentrant à l'intérieur et observant le séjour, mesurant d'un œil impitoyable le degré d'efficacité du service de nettoyage heb-

---

1. Rambarde.
2. Embarrassé.
3. Elle ne s'en souciait pas.
4. Salle de réception nichée au cœur de Central Park.

domadaire qui était, en principe, intervenu la veille. Elle s'étonna de voir des traces de doigts sur la table de verre où l'on servait les cocktails. Machinalement, elle prit un mouchoir et les frotta énergiquement. Puis elle remarqua que l'embrasse[1] du rideau près de la fenêtre de la terrasse avait disparu. Pourvu qu'elle n'ait pas fini à la poubelle. « Je me montrais plus consciencieuse du temps où j'étais simple femme de ménage. » Elle se souvint de la réflexion de l'hôtesse de la British Airways. Ou simple domestique, au choix.

« Dis donc, Alvirah, l'appela Willy. Est-ce que Brian nous a laissé un mot ? On dirait qu'il attendait quelqu'un ! »

Brian, le neveu de Willy, était le seul enfant de sa sœur aînée, Madaline. Six des sept sœurs de Willy étaient entrées au couvent. Madaline s'était mariée à plus de quarante ans et avait tardivement donné naissance à un bébé, Brian, aujourd'hui âgé de vingt-six ans. Il avait grandi dans le Nebraska, écrit des pièces pour une compagnie théâtrale locale et était venu à New York après la mort de Madaline, deux ans auparavant. L'instinct maternel rentré d'Alvirah s'était entièrement concentré sur ce jeune neveu au visage mince et expressif, avec ses cheveux blonds rebelles et son sourire timide. Comme elle le disait souvent à Willy : « Si je l'avais porté en moi pendant neuf mois, je ne l'aurais pas aimé davantage. »

Lorsqu'ils étaient partis en Angleterre au mois de juin, Brian terminait le premier jet de sa nouvelle pièce et avait volontiers

---

1. La cordelière.

accepté leur proposition de profiter de l'appartement de Central Park South. « C'est sacrément plus facile d'écrire ici que chez moi. » Il habitait un immeuble sans ascenseur de l'East Village, un petit studio environné de familles nombreuses et bruyantes.

Alvirah alla à la cuisine. Elle écarquilla les yeux. Deux coupes et une bouteille de champagne dans un rafraîchissoir à demi rempli d'eau étaient disposées sur un plateau d'argent. Le champagne était un cadeau du précédent propriétaire. Il leur avait maintes fois répété que cette cuvée coûtait cent dollars la bouteille et que c'était le champagne préféré de la reine d'Angleterre.

Willy se rembrunit. « C'est celui qui coûte une fortune, n'est-ce pas ? Brian ne l'aurait jamais pris sans notre autorisation. C'est bizarre. »

Alvirah s'apprêtait à le rassurer, mais se tut. Willy avait raison. Il se passait quelque chose de bizarre, et son intuition lui disait que les ennuis n'allaient pas tarder.

La sonnette de l'entrée retentit. Confus, le portier se tenait à la porte avec leurs bagages. « Pardonnez-moi d'avoir mis aussi longtemps, monsieur Meehan. Depuis le début des travaux, les résidents prennent l'ascenseur de service et le personnel doit faire la queue pour l'utiliser. »

À la demande de Willy, il déposa les valises dans la chambre, puis s'en alla en souriant, un billet de cinq dollars serré au creux de la main.

Willy et Alvirah prirent une tasse de thé dans la cuisine.

Willy ne pouvait détacher les yeux de la bouteille de champagne. « Je vais téléphoner à Brian, décida-t-il.
– Il sera encore au théâtre », dit Alvirah.
Elle ferma les yeux, se concentra et lui communiqua le numéro de téléphone du guichet des locations.
Willy composa le numéro, écouta, puis raccrocha. « Il y a un message enregistré. La pièce de Brian est annulée. Ils expliquent comment se faire rembourser.
– Pauvre garçon, soupira Alvirah. Essaie de le joindre chez lui.
– Il a branché le répondeur, dit Willy un moment plus tard. Je vais lui demander de nous rappeler. »
Alvirah s'aperçut soudain qu'elle était épuisée. Comme elle ramassait les tasses, elle se souvint qu'il était cinq heures du matin à l'heure anglaise, rien d'étonnant à ce qu'elle se sente moulue[1] de fatigue. Elle mit les tasses dans le lave-vaisselle, hésita, puis rinça les coupes à champagne inutilisées et les y plaça également. Son amie la baronne Min von Schreiber – propriétaire de l'institut de remise en forme de Cypress Point où Alvirah avait passé une semaine après avoir gagné à la loterie – lui avait enseigné que les grands vins devaient toujours reposer couchés. Elle passa une éponge humide sur la bouteille intacte, sur le plateau d'argent et le seau et rangea le tout. Après avoir éteint la lumière derrière elle, elle se rendit dans la chambre.
Willy avait commencé à défaire les bagages. Alvirah aimait leur chambre. Elle avait été meublée pour le courtier, célibataire

---

1. Brisée.

de son état, avec un lit extra-large, une coiffeuse à trois pans, de confortables chauffeuses[1] et deux tables de nuit suffisamment grandes pour qu'y tiennent à la fois une pile de livres, des lunettes et les cataplasmes[2] destinés à soigner les rhumatismes d'Alvirah. Quant à la décoration, Alvirah n'en démordait pas, le décorateur à la mode qui en était l'auteur avait été nourri à la lessive. Couvre-lit blanc. Rideaux blancs. Moquette blanche.

Le portier avait laissé la valise-penderie d'Alvirah ouverte sur le lit. Elle l'ouvrit et commença à sortir ses tailleurs et ses robes. La baronne von Schreiber la suppliait toujours de ne pas faire ses achats seule. « Alvirah, recommandait Min, vous êtes la proie rêvée pour les vendeuses qui ont été entraînées à fourguer[3] les mauvais choix des acheteurs. Elles vous sentent arriver alors que vous êtes encore dans l'ascenseur. Je viens souvent à New York. Vous faites plusieurs séjours à l'institut. Attendez que nous soyons ensemble. »

Alvirah se demanda si Min aurait approuvé le tailleur écossais orange et rose sur lequel s'était extasiée la vendeuse de chez Harrod's. Sans doute pas.

Les bras chargés de vêtements, elle ouvrit la porte de la penderie, regarda par terre et poussa un hurlement. Étendu sur la moquette entre les rangées de chaussures de luxe extra-larges d'Alvirah, les yeux fixes, un halo[4] blond de cheveux frisés

---

1. Chaises basses (destinées à l'origine à se chauffer près du feu).
2. Préparations pâteuses à appliquer sur la peau pour combattre une inflammation.
3. Vendre (fam.).
4. Une auréole.

Le Cadavre dans le placard

auréolant son visage, la langue pointant légèrement, l'embrasse manquante du rideau autour du cou, gisait le corps d'une mince jeune femme.

« Jésus, Marie, Joseph, gémit Alvirah en lâchant d'un coup tous ses vêtements.

– Que se passe-t-il, chérie ? demanda Willy en se précipitant à son côté. Oh, mon Dieu ! souffla-t-il à son tour. Qui est-ce ?

– C'est… C'est… tu sais bien. L'actrice. Celle qui jouait dans la pièce de Brian. Cette fille dont Brian est amoureux fou. » Alvirah ferma les yeux de toutes ses forces, cherchant à se libérer du regard vitreux du cadavre couché à ses pieds. « Fiona. C'est son nom. Fiona Winters. »

Le bras de Willy passé autour de sa taille, Alvirah alla s'effondrer dans l'un des canapés bas du séjour qui lui donnaient chaque fois l'impression d'avoir les genoux à la hauteur du menton. Tandis que Willy composait le 911 pour prévenir la police, elle s'efforça de reprendre ses esprits. Pas la peine d'être grand clerc[1] pour savoir que cela n'augurait rien de bon pour Brian. Elle devait prendre le temps de réfléchir, se remémorer tout ce qu'elle savait à propos de cette fille. Elle était odieuse avec Brian. S'étaient-ils disputés ?

Willy traversa la pièce, s'assit à côté d'elle et lui prit la main. « Tout ira bien, chérie, dit-il d'un ton apaisant. La police va arriver dans quelques minutes.

– Essaie de rappeler Brian, lui dit Alvirah.

---

1. Savant (sens figuré).

– Bonne idée. » Willy composa rapidement le numéro. « Encore ce maudit répondeur. Je vais laisser un autre message. Tâche de te reposer. »

Alvirah hocha la tête, ferma les yeux et revit en esprit cette soirée d'avril dernier où ils avaient assisté à la première de la pièce de Brian.

Le théâtre était bondé. Brian leur avait réservé deux places au premier rang et Alvirah portait sa robe du soir neuve à paillettes noires et argent. La pièce, *Falling Bridges*, était située dans le Nebraska et décrivait une réunion de famille. Fiona Winters jouait le rôle d'une femme du monde qui s'ennuie au sein de sa belle-famille d'origine modeste, et Alvirah avait dû reconnaître qu'elle était parfaitement crédible. Pourtant Alvirah préférait de beaucoup la comédienne qui tenait le second rôle. Emmy Laker avait des cheveux d'un roux ravissant, des yeux bleus et interprétait admirablement un personnage à la fois drôle et mélancolique.

La salle s'était levée pour applaudir à la fin de la représentation, et le cœur d'Alvirah s'était gonflé d'orgueil lorsque les cris : « L'auteur ! L'auteur ! » avaient appelé Brian à venir sur scène. Quand il avait reçu un bouquet de fleurs et s'était penché par-dessus la rampe pour l'offrir à Alvirah, elle n'avait pu retenir ses larmes.

Ensuite la réception avait eu lieu au dernier étage du Gallagher. Brian avait pris place à table entre Alvirah et Fiona Winters. Willy et Emmy Laker étaient assis en face d'eux. Il n'avait pas fallu longtemps à Alvirah pour comprendre la situation. Tel un amoureux transi, Brian ne quittait pas du regard Fiona Winters, mais elle ne cessait de le rabaisser, de vanter ses propres origines aristocratiques, tenant des propos tels que : « Ma famille a été horrifiée quand, en sortant de Foxcroft[1], j'ai décidé de faire du théâtre. » Elle avait ensuite entrepris de prédire à Willy et à Brian, qui dévoraient à belles dents leurs steaks accompagnés des frites « spéciales Gallagher », qu'ils étaient mûrs pour l'infarctus. Pour sa part, elle ne mangeait jamais de viande.

Tout le monde y était passé, se rappela Alvirah. Elle m'a demandé s'il ne m'arrivait pas d'avoir envie de faire le ménage. Elle m'a dit que Brian devrait apprendre à s'habiller et, avec nos revenus, elle s'étonnait que nous ne l'aidions pas. Et elle s'en est prise à cette charmante Emmy Laker qui a déclaré que Brian avait sans doute mieux à faire que de penser à sa garde-robe.

Sur le trajet du retour, Alvirah et Willy s'étaient accordés pour reconnaître que si Brian montrait une grande maturité en tant que dramaturge, il avait beaucoup à apprendre sur le plan personnel puisqu'il n'était même pas capable de s'apercevoir que Fiona était une véritable peau de vache. « Je préférerais le voir avec Emmy Laker, avait dit Willy. S'il avait les yeux en face des trous, il verrait qu'elle est folle de lui. Et que Fiona n'est pas de la première jeunesse. Elle a au moins huit ans de plus que lui. »

Alvirah fut ramenée à la réalité par un coup de sonnette

---

1. Institution pour jeunes filles de bonne famille.

vigoureux à la porte. Sainte Mère, pensa-t-elle. C'est probablement la police. J'aurais aimé parler à Brian au préalable.

Les heures suivantes passèrent comme dans un brouillard. Lorsqu'elle eut l'esprit un peu plus clair, Alvirah fut en mesure de repérer les différents représentants de la loi qui envahissaient l'appartement. Les policiers se présentèrent en premier. Suivirent les enquêteurs, les photographes, le médecin légiste. Willy et elle restèrent assis à les observer, sans mot dire.

Les gérants des Central Park South Towers vinrent également sur place. « Espérons qu'il n'y aura pas de publicité malencontreuse[1], dit le directeur. Nous ne sommes pas un géant de l'immobilier comme Trump[2]. »

Les déclarations d'Alvirah et de Willy avaient été recueillies par les deux policiers arrivés en premier sur les lieux. À trois heures du matin, la porte de la chambre s'ouvrit. « Ne regarde pas, chérie », dit Willy. Mais Alvirah ne put détacher ses yeux du chariot que deux ambulanciers au visage grave poussaient à l'extérieur. Le corps de Fiona était entièrement recouvert. Que Dieu la garde, pria Alvirah, se remémorant la crinière blonde embroussaillée et les lèvres boudeuses. Ce n'était pas une personne aimable, pensa-t-elle, mais elle ne méritait pas d'être assassinée.

Quelqu'un vint s'asseoir en face d'eux, un homme d'une

---

[1]. Ennuyeuse, fâcheuse.
[2]. Donald Trump (né en 1946), milliardaire américain de l'immobilier, propriétaire de nombreux gratte-ciel new-yorkais, dont la Trump Tower.

Le Cadavre dans le placard

quarantaine d'années, aux longues jambes. Il se présenta : « Inspecteur Rooney. »

« Je lis souvent vos articles dans le *Globe*, madame Meehan, dit-il à Alvirah, et je les apprécie énormément. »

Willy sourit avec fierté, mais Alvirah ne fut pas dupe. Elle savait que l'inspecteur Rooney la flattait pour la mettre en confiance. Elle réfléchit rapidement, cherchant comment protéger Brian. Machinalement, elle porta la main au revers de sa veste et brancha discrètement le micro de sa broche. Elle voulait pouvoir réentendre plus tard tout ce qui serait dit.

L'inspecteur Rooney consulta ses notes. « D'après votre déclaration, vous rentriez d'un séjour à l'étranger et vous êtes arrivés vers dix heures du soir, n'est-ce pas ? Vous avez découvert la victime, Fiona Winters, peu après votre retour. Vous avez reconnu Mlle Winters parce qu'elle tenait le rôle principal dans la pièce de votre neveu, Brian McCormack. »

Alvirah hocha la tête. Elle sentit que Willy s'apprêtait à ajouter quelque chose et posa sa main sur son bras. « C'est exact.

– Si j'ai bien compris, vous n'avez rencontré Mlle Winters qu'une seule fois, continua l'inspecteur Rooney. Comment expliquez-vous qu'elle ait atterri dans votre penderie ?

– Je n'en ai pas la moindre idée, répondit Alvirah.

– Qui avait la clé de votre appartement ? »

À nouveau, Willy ouvrit la bouche, prêt à répondre. Cette fois, Alvirah lui pinça discrètement le bras. « Les clés de l'appartement, fit-elle d'un air songeur. Laissez-moi réfléchir. Le service de nettoyage "Vite et Bien Fait" en possède une. Non, ils prennent celle du concierge et la remettent à son bureau une fois leur travail terminé. Mon amie, Maude, a une clé. Elle est venue pendant le week-end de la fête des Mères pour assister à un spectacle à Radio City avec son fils et sa belle-fille. Ils ont un chat et elle est allergique aux chats, si bien qu'elle a dormi sur notre canapé. La sœur de Willy, sœur Patricia, en a également une. Et...

— Est-ce que votre neveu, Brian McCormack, possède une clé de l'appartement, madame Meehan ? » l'interrompit l'inspecteur Rooney.

Alvirah se mordit la lèvre. « Oui, Brian a une clé. »

L'inspecteur Rooney haussa légèrement la voix. « Selon le concierge, il utilisait fréquemment cet appartement en votre absence. À propos, encore qu'il soit impossible de l'affirmer avec précision avant l'autopsie, le médecin légiste estime que la mort a eu lieu hier, entre onze heures du matin et trois heures de l'après-midi. » Il demeura un instant songeur. « Il serait intéressant de savoir où se trouvait Brian McCormack pendant ce laps de temps. »

On les prévint qu'ils devraient attendre avant d'utiliser les lieux, le temps que les enquêteurs relèvent les empreintes et d'éventuels indices.

« L'appartement est-il dans l'état où vous l'avez trouvé ? demanda l'inspecteur Rooney.

— Oui, nous avons seulement..., commença Willy.

— Nous avons fait du thé », le coupa Alvirah.

Je pourrais toujours leur parler du champagne et des coupes, réfléchit-elle, mais je ne pourrais pas les tromper longtemps. Cet inspecteur va découvrir que Brian était amoureux de Fiona Winters et décider qu'il s'agit d'un crime passionnel. Puis il s'arrangera pour que le reste colle avec sa théorie.

L'inspecteur Rooney referma son calepin. « On m'a dit que la direction avait un appartement meublé que l'on peut mettre à votre disposition cette nuit », dit-il.

Un quart d'heure plus tard, Alvirah était au lit, serrée en chien de fusil contre Willy déjà à moitié endormi. Malgré sa fatigue, elle avait du mal à se détendre dans ce lit inconnu et passait en revue les événements de la soirée. Toute cette histoire mettait Brian dans une fâcheuse posture, elle le savait. Elle savait aussi qu'il devait y avoir une explication. Brian n'aurait pas eu l'indélicatesse de prendre cette bouteille de champagne à cent dollars, et il était *certainement* incapable d'avoir tué Fiona Winters. Mais comment diable avait-elle fini dans la penderie ?

Bien qu'ils se fussent couchés tard, Alvirah et Willy se réveillèrent le lendemain matin à sept heures. Le choc provoqué par la vision du cadavre s'était atténué et faisait place à présent à de l'inquiétude.

« Inutile de nous tracasser ainsi pour Brian, dit Alvirah avec un entrain forcé. Dès que nous pourrons lui parler, je suis certaine que tout s'éclaircira. Allons voir si nous pouvons regagner nos pénates[1]. »

---

[1]. Rentrer chez nous (chez les Romains, les pénates sont les dieux domestiques protecteurs du foyer).

Ils s'habillèrent rapidement et sortirent sans tarder. Une fois encore, ils trouvèrent Carlton Rumson devant l'ascenseur. Son teint habituellement vif était terreux[1]. Les ombres qui cernaient ses yeux lui donnaient dix ans de plus. D'un geste machinal, Alvirah mit en marche le microphone de sa broche.

« Monsieur Rumson, demanda-t-elle, êtes-vous au courant de l'horrible meurtre qui a été commis dans notre appartement ? »

Rumson pressa vigoureusement le bouton d'appel de l'ascenseur. « Oui, j'ai appris la nouvelle. Des amis dans l'immeuble nous ont téléphoné. C'est affreux pour cette malheureuse jeune femme, affreux pour vous. »

L'ascenseur arriva et ils s'engouffrèrent tous les trois dans la cabine. Rumson dit : « Madame Meehan, mon épouse m'a reparlé de la pièce de votre neveu. Nous partons pour le Mexique demain matin. Je serais très heureux de la lire aujourd'hui même, si c'est possible. »

Alvirah resta un instant bouche bée. « Oh, c'est trop aimable de la part de votre femme d'y avoir pensé. Nous allons vous la faire parvenir dès que possible. »

En sortant à leur étage, elle dit à Willy : « C'est peut-être une chance pour Brian. À condition que... » Elle n'acheva pas sa phrase.

Un policier était en faction devant leur porte. À l'intérieur, tous les meubles étaient maculés de poudre à empreintes. Et, assis face à l'inspecteur Rooney, ils aperçurent Brian, l'air

---

1. Grisâtre, sans éclat.

hébété et désespéré. Il se leva d'un bond. « Tante Alvirah, je suis navré. C'est abominable pour vous. »

Aux yeux d'Alvirah, il avait l'air d'un môme de dix ans. Son T-shirt et son pantalon de toile kaki étaient froissés ; on eût dit qu'il débarquait de la lune.

Alvirah repoussa les cheveux blonds qui lui retombaient sur le front pendant que Willy lui saisissait la main. « Tu vas bien ? » demanda Willy.

Brian se força à sourire. « Pas trop mal. »

L'inspecteur Rooney les interrompit. « Brian vient d'arriver, et je m'apprêtais à l'informer qu'il est considéré comme suspect dans la mort de Fiona Winters et peut faire appel à un avocat.

– C'est une blague ? demanda Brian d'un ton incrédule.

– Je vous assure que je ne plaisante pas. » L'inspecteur tira un papier de sa poche de poitrine. Il lut à Brian les habituels avertissements, puis lui tendit le document : « Veuillez me dire si vous en comprenez la signification. »

Rooney regarda tour à tour Alvirah et Willy. « Nos équipes ont fini leur travail. Vous pouvez rentrer chez vous à présent. Je vais recueillir la déposition de Brian au commissariat.

– Brian, ne dis pas un seul mot avant que nous ne t'ayons trouvé un avocat », le prévint Willy.

Brian secoua la tête. « Oncle Willy, je n'ai rien à cacher. Je n'ai pas besoin d'avocat. »

Alvirah l'embrassa. « Reviens directement ici dès que tu en auras terminé », lui dit-elle.

Le désordre qui régnait dans l'appartement lui donna de

quoi s'occuper. Elle envoya Willy faire des courses avec une longue liste d'achats, lui conseillant de prendre l'ascenseur de service pour éviter les journalistes.

Pendant qu'elle passait l'aspirateur, frottait, épongeait et époussetait, Alvirah se rappela avec une inquiétude grandissante que la police ne formulait pas de mises en garde sans avoir une bonne raison de croire en votre culpabilité.

Le plus pénible pour elle fut de passer l'aspirateur dans la penderie. Il lui semblait revoir les yeux grands ouverts de Fiona Winters fixés sur elle. Cette pensée en amena une autre : visiblement, la malheureuse n'avait pas été assassinée à l'intérieur de la penderie, mais où se trouvait-elle alors quand elle avait été étranglée ?

Alvirah lâcha le tuyau de l'aspirateur. Elle songea aux traces de doigts qu'elle avait précédemment nettoyées sur la table de cocktail. Si Fiona Winters s'était assise sur le canapé, peut-être un peu penchée en avant, et que son assassin s'était approché d'elle par-derrière, avait passé l'embrasse du rideau autour de son cou et l'avait serrée, n'aurait-elle pas instinctivement ramené sa main en arrière pour se défendre ?

« Sainte Mère, murmura Alvirah, je parie que j'ai fait disparaître une preuve ! »

Le téléphone sonna au moment où elle rattachait la broche soleil à son revers. C'était la baronne Min von Schreiber qui l'appelait du centre de remise en forme de Cypress Point, à Pebble Beach en Californie. Min venait d'entendre les nouvelles.

Le Cadavre dans le placard

« À quoi pensait cette petite garce en se faisant assassiner dans votre penderie ? demanda-t-elle.

– Croyez-moi, Min, dit Alvirah, je n'ai aucune idée de ce qu'elle fabriquait là. Je ne l'avais rencontrée qu'une seule fois, à la première de la pièce de Brian. La police interroge Brian en ce moment même. Je suis folle d'inquiétude. Ils le soupçonnent de l'avoir tuée.

– Vous vous trompez, Alvirah, dit Min. Vous aviez déjà rencontré Fiona Winters ; vous l'avez vue ici, à l'institut.

– Certainement pas. C'était le genre de femme qui vous exaspère tellement que vous ne pouvez pas l'oublier. »

Il y eut un silence à l'autre bout du fil.

« Vous avez peut-être raison, finit par admettre Min. Oui, vous avez raison. Elle est venue chez nous à un autre moment, avec quelqu'un, et ils ont passé le week-end dans leur cottage[1]. Ils se faisaient même servir leurs repas sur place. Je m'en souviens à présent. C'était ce producteur très important qu'elle essayait d'embobiner, Carlton Rumson. Vous vous souvenez certainement de lui, Alvirah. Vous l'avez rencontré à une autre occasion à Cypress Point, il était venu seul alors. »

Alvirah alla dans le séjour et sortit sur la terrasse. Willy est mort de peur dès que je pose le pied ici, pensa-t-elle, c'est idiot. Il n'y a aucun risque, il suffit de ne pas s'appuyer contre la balustrade.

---

1. Petite maison de campagne élégante et rustique.

L'air était saturé d'humidité. Pas une feuille ne frémissait sur les arbres. Alvirah poussa un soupir de contentement. Comment pouvait-on s'éloigner longtemps de New York quand on y était né ?

Willy apporta les journaux en même temps que les provisions. Les titres lui sautèrent aux yeux : MEURTRE À CENTRAL PARK SOUTH ; un autre : LA GAGNANTE DE LA LOTERIE DÉCOUVRE UN CADAVRE DANS SON PLACARD. Alvirah lut avec attention les récits macabres.

« Je n'ai pas crié et je me suis encore moins évanouie. Où ont-ils pêché ça ?

— D'après le *Post*, tu étais en train de ranger la somptueuse garde-robe que tu as achetée à Londres, lui dit Willy.

— Ma somptueuse garde-robe ! Le seul vêtement de prix que je me suis offert est ce tailleur écossais orange et rose — et tu peux être sûr que Min va m'obliger à le donner. »

Il y avait des colonnes entières sur le passé de Fiona Winters : sa rupture avec son aristocratique famille le jour où elle était devenue actrice. Les hauts et les bas de sa carrière. (Elle avait remporté un prix de télévision, mais était aussi connue pour son caractère difficile, ce qui lui avait coûté nombre de rôles importants.) Sa querelle avec l'auteur dramatique Brian McCormack quand elle avait accepté un rôle au cinéma et laissé tomber *Falling Bridges*, condamnant la pièce à s'arrêter.

« Voilà le motif tout trouvé, fit Alvirah d'un ton sombre. Dès demain, l'affaire sera jugée par les médias, et Brian reconnu coupable. »

À midi et demi, Brian réapparut. Alvirah jeta un coup d'œil à son visage livide et lui ordonna de s'asseoir. « Je vais te préparer du thé et un hamburger, dit-elle. Tu as une tête de naufragé.

– Je crois qu'un whisky serait plus approprié », fit remarquer Willy.

Brian parvint à sourire. « Tu as raison, oncle Willy. » Tout en mangeant son hamburger et ses frites, il les mit au courant de la situation : « J'ai bien cru qu'ils ne me laisseraient jamais partir. Ils sont convaincus que je l'ai tuée, c'est évident.

– Tu ne vois pas d'inconvénient à ce que je branche mon micro ? » demanda Alvirah. Elle manipula sa broche, actionna la touche de l'enregistreur : « Maintenant, raconte-nous exactement ce que tu leur as dit. »

Brian plissa le front. « Je leur ai parlé essentiellement de mes relations personnelles avec Fiona. J'étais excédé par son mauvais caractère, et j'étais tombé amoureux d'Emmy. Je leur ai dit que Fiona avait lâché la pièce, que cela avait été la goutte d'eau qui avait fait déborder le vase.

– Mais comment est-elle arrivée dans ma penderie ? demanda Alvirah. C'est toi, certainement, qui l'as introduite dans l'appartement.

– Oui, c'est moi. J'avais beaucoup travaillé ici. Je savais que vous aviez prévu de rentrer hier, et j'avais débarrassé mes affaires la veille. Puis, hier matin, Fiona a téléphoné et dit qu'elle était de retour à New York et voulait me voir tout de suite. J'avais oublié dans votre appartement mes notes concernant la version finale de ma nouvelle pièce. Je lui ai dit de ne pas perdre son temps, que je comptais venir ici récupérer mes notes et qu'ensuite je passerais le reste de la journée à écrire et n'ouvrirais pas ma porte. En arrivant, je l'ai trouvée qui m'attendait dans le hall de l'immeuble et plutôt que de faire une scène je l'ai laissée monter.

— Que voulait-elle ? demandèrent Alvirah et Willy en même temps.

— Pas grand-chose ! Rien que le premier rôle dans *Nebraska Nights*.

— Après avoir laissé tomber la pièce précédente !

— Elle m'a joué le plus beau numéro de toute sa carrière. Elle m'a supplié de lui pardonner. M'a dit qu'elle regrettait amèrement d'avoir lâché *Falling Bridges*. Son rôle dans le film était massacré par le montage, et elle avait souffert de la mauvaise publicité que lui avait attirée son abandon de la pièce. Elle voulait savoir si *Nebraska Nights* était terminé. Je suis humain. Je me suis vanté. Je lui ai dit qu'il faudrait peut-être un peu de temps avant de trouver le producteur idoine[1], mais qu'ensuite ce serait un succès.

— A-t-elle jamais lu la pièce ? » demanda Alvirah.

Brian fixa les feuilles de thé au fond de sa tasse. « Je n'y vois rien de mirifique[2] », fit-il remarquer, puis il revint à la question présente : « Fiona connaissait les grandes lignes de l'histoire et elle savait que le personnage principal est le rêve pour une actrice.

---

1. Approprié.
2. Prodigieux.

— Tu ne le lui avais pas promis, j'espère ? » s'exclama Alvirah.
Brian secoua la tête. « Tante Alvirah, je sais qu'elle me croyait naïf, mais je n'aurais jamais pensé qu'elle m'imaginait aussi stupide. Elle m'a proposé un marché. Elle m'a dit qu'elle était en contact avec l'un des plus gros producteurs de Broadway. Si elle parvenait à lui montrer la pièce et à le convaincre de la financer, elle voulait jouer Diane — je veux dire Beth.
— Qui est-ce ? demanda Willy.
— Le nom de l'héroïne. Je l'ai changé hier soir, en rédigeant la version finale. J'ai dit à Fiona qu'elle se faisait des illusions, mais que si elle réussissait ce coup-là, je réfléchirais à sa proposition. Puis j'ai rassemblé mes notes et tenté de me débarrasser d'elle. Elle a refusé de partir, elle avait une audition au Lincoln Center en début d'après-midi et, prétextant que c'était tout près d'ici, elle préférait rester dans l'appartement jusqu'à l'heure de son rendez-vous. J'ai cédé, ne voyant aucun mal à la laisser seule et à m'en aller tranquillement travailler chez moi. La dernière fois que je l'ai vue, il était à peu près midi, et elle était assise sur ce canapé.
— Savait-elle que tu avais laissé un exemplaire de ta nouvelle pièce ici ? demanda Alvirah.
— Bien sûr. Je l'avais sorti du tiroir de la table en prenant mes notes. » Il désigna la table de l'entrée. « Il est resté dans ce même tiroir. »
Alvirah se leva, se dirigea rapidement vers la table et ouvrit le tiroir. Comme elle le craignait, il était vide.

Emmy Laker était affalée, immobile, dans le gros fauteuil club de son studio du West Side. Depuis qu'elle avait appris la mort de Fiona Winters par le bulletin de sept heures, elle avait essayé de joindre Brian. Avait-il été arrêté ? Oh, mon Dieu, non, pas lui ! Que puis-je faire ? Désespérée, elle regarda les bagages posés dans un coin de la pièce. Les bagages de Fiona.

La sonnette avait retenti la veille à huit heures et demie du matin. Elle avait à peine eu le temps d'ouvrir la porte que Fiona était entrée en trombe. « Comment peux-tu vivre sans ascenseur ? avait-elle demandé. Heureusement, un gosse faisait une livraison et m'a monté tout mon barda. » Elle avait laissé tomber ses valises et allumé une cigarette. « Je suis arrivée par le vol de nuit. Quelle erreur de ma part d'avoir accepté ce film ! J'ai envoyé le metteur en scène sur les roses et il m'a virée. J'ai téléphoné à Brian mais il est injoignable. Sais-tu où il se trouve ? »

À ce souvenir, la rage bouillonna en Emmy. Il lui semblait encore voir Fiona à l'autre bout de la pièce, son halo de cheveux blonds, son collant moulant à la perfection chaque centimètre de sa ravissante silhouette, ses yeux de chat pleins d'insolence et d'assurance.

Fiona était tellement sûre de son pouvoir sur Brian, même après la façon dont elle l'avait traité, pensa Emmy, se rappelant son désespoir pendant ces longs mois où Brian ne quittait pas Fiona d'une semelle. Fiona serait-elle arrivée à ses fins ? La veille, Emmy avait envisagé cette possibilité.

Fiona n'avait cessé de composer le numéro de Brian jusqu'à ce qu'elle parvienne à le joindre. Après avoir raccroché, elle avait dit à Emmy : « Tu ne vois pas d'inconvénient à ce que je laisse mes bagages ici ? Brian doit passer dans l'appart de luxe où loge sa tante, l'ex-femme de ménage. Je vais l'y rejoindre. » Elle avait haussé les épaules. « Il est terriblement provincial. Mais tu n'imagines pas le nombre de gens qui ont entendu parler de lui sur la côte Ouest. Tout ce qu'on m'a dit à propos de *Nebraska Nights* annonce que la pièce sera un triomphe – et j'ai l'intention d'y tenir la vedette. »

Emmy se leva. Son corps était raide et douloureux. Le vieux climatiseur sous la fenêtre avait beau siffler et vibrer, l'atmosphère de la pièce n'en était pas moins affreusement chaude et humide. Une douche fraîche et une tasse de café lui feraient du bien. Peut-être aurait-elle les idées plus claires ensuite. Elle avait envie de voir Brian. Envie de passer ses bras autour de son cou. Je ne suis pas triste à cause de la mort de Fiona, s'avoua-t-elle, mais, Brian, comment imaginais-tu pouvoir t'en tirer ?

Elle venait de passer un T-shirt et une jupe de coton et tordait ses longs cheveux roux en chignon lorsque l'interphone de l'entrée retentit.

Elle décrocha, entendit l'inspecteur Rooney annoncer qu'il montait.

« La situation commence à prendre un sens, dit Alvirah. Brian, tu es certain de n'avoir rien oublié ? Entre autres, est-ce toi, hier, qui as mis le champagne à rafraîchir dans le seau en argent ? »

Brian eut l'air stupéfait. « Pourquoi aurais-je fait une chose pareille ?

— C'est bien ce que j'ai pensé. »

Oh, mon Dieu, quelle histoire, soupira Alvirah en son for intérieur. Fiona ne s'est pas attardée dans l'appartement, puisqu'elle avait une audition. Je parierais que le producteur dont elle a parlé à Brian est Carlton Rumson, et qu'elle lui a téléphoné et l'a invité à venir la rejoindre ici. C'est pour cette raison que les coupes et le champagne étaient sortis. Elle lui a montré le manuscrit, et alors, Dieu sait pourquoi, ils se sont disputés. Mais comment le prouver ? Alvirah resta pensive un moment. Puis elle se tourna vers Brian. « Rentre chez toi et mets la dernière touche à ta pièce. J'ai parlé à Carlton Rumson ; il voudrait la lire dès aujourd'hui.

— Carlton Rumson ? s'exclama Brian. C'est sans doute le producteur le plus en vue de tout Broadway, et l'un des plus difficiles à contacter. Tu dois être magicienne !

— Je te donnerai davantage de détails plus tard, dit Alvirah. Je sais aussi qu'il part en voyage avec sa femme, battons donc le fer pendant qu'il est chaud. »

Brian regarda rapidement le téléphone. « Il faudrait que j'appelle Emmy. Elle a dû apprendre ce qui est arrivé à Fiona. » Il composa le numéro, attendit, puis laissa un message : « Emmy, j'ai besoin de te parler. Je pars de chez tante Alvirah à l'instant pour rentrer chez moi. » En raccrochant, il ne put cacher sa déception. « Elle est probablement sortie », dit-il.

Bien qu'elle eût reconnu la voix de Brian, Emmy ne fit pas un geste pour décrocher le combiné. Assis en face d'elle, l'inspecteur Rooney lui demandait de décrire en détail ce qu'elle avait fait la veille. Il haussa les sourcils. « Vous auriez pu répondre. Je ne suis pas à une minute près.

– Je rappellerai Brian plus tard », dit-elle. Puis elle resta un instant silencieuse, choisissant ses mots avec soin : « Hier, je suis sortie vers onze heures, et suis allée faire du jogging. Je suis rentrée vers onze heures trente, et j'ai passé le reste de la journée sans bouger d'ici.

– Seule ?

– Oui.

– Avez-vous vu Fiona Winters, hier ? »

Le regard d'Emmy effleura les bagages entassés dans le coin de la pièce. « Je… » Elle s'interrompit. « Emmy, je préfère vous avertir qu'il vaut mieux, dans votre intérêt, dire toute la vérité. » L'inspecteur Rooney consulta ses notes. « Fiona Winters est arrivée par un vol de Los Angeles qui a atterri vers sept heures et demie du matin. Nous savons qu'elle a pris un taxi qui l'a déposée devant chez vous et qu'un livreur l'a aidée à monter ses bagages. Elle lui a dit que vous n'alliez pas l'accueillir à bras ouverts parce que vous couriez après son jules[1]. Quand Mlle Winters est partie, vous l'avez suivie. Un portier de l'immeuble de Central Park South vous a reconnue. Vous vous êtes assise sur un banc de l'autre côté de la rue, surveillant l'immeuble pendant presque deux heures, puis vous êtes entrée par la porte de service, que les peintres avaient laissée ouverte. »

---

[1]. Son homme (pop.).

L'inspecteur Rooney se pencha en avant. Son ton devint confidentiel. « Vous êtes montée à l'appartement des Meehan, n'est-ce pas ? Mlle Winters était-elle déjà morte ? »

Emmy regarda fixement ses mains. Brian la taquinait toujours à cause de leur petitesse. « Mais elles sont drôlement fortes », avait-il ajouté en riant un jour où ils s'amusaient à lutter. Brian. Tout ce qu'elle dirait le desservirait. Elle leva les yeux vers l'inspecteur. « Je veux consulter un avocat. »

Rooney se leva. « C'est votre droit, naturellement. J'aimerais vous rappeler que si Brian a tué son ex-petite amie, vous pouvez être accusée de complicité pour avoir dissimulé des preuves. Et je vous assure, Emmy, que cela ne lui servira à rien. Nous allons obtenir son inculpation par le grand jury[1], ça ne fait pas un pli[2]. »

Lorsque Brian arriva chez lui, il y avait un message d'Emmy sur son répondeur. Les doigts de Brian appuyèrent frénétiquement sur les touches en composant le numéro.

Elle chuchota : « Allô.

— Emmy, que se passe-t-il ? J'ai essayé de te joindre, mais tu étais sortie.

— J'étais ici. Avec un inspecteur de police. Brian, je dois absolument te voir.

---

1. Jury d'accusation, composé de 23 jurés, qui n'intervient qu'en matière criminelle, et est chargé de décider si l'inculpé doit être renvoyé ou non devant le tribunal.
2. Ça ne fait pas l'ombre d'un doute (fam.).

— Prends un taxi jusqu'à l'appartement de ma tante. J'y retourne.
— Je veux te parler seule à seul. C'est à propos de Fiona. Elle est venue ici hier. Je l'ai suivie jusque chez ta tante. »
Brian sentit sa bouche devenir sèche. « Ne dis pas un mot de plus au téléphone. »

À quatre heures, la sonnerie de la porte retentit avec insistance. Alvirah sursauta. « Brian a oublié sa clé, dit-elle à Willy. Je l'ai remarquée sur la table de l'entrée. »
Mais ce fut Carlton Rumson qu'elle trouva, à la place de Brian, devant la porte. « Madame Meehan, dit-il, veuillez excuser mon intrusion. » Et sur ce, il entra. « J'ai mentionné à l'un de mes collaborateurs que j'allais jeter un coup d'œil au scénario de votre neveu. Apparemment, il a assisté à une représentation de sa première pièce et l'a trouvée excellente. À vrai dire, il aurait souhaité que je la voie, mais les représentations ont été brusquement interrompues et je n'en ai pas eu l'occasion. »
Rumson s'était avancé dans la pièce de séjour et avait pris place dans un canapé. Il pianota d'un geste nerveux sur la table basse.
« Puis-je vous offrir quelque chose à boire ? demanda Willy. Une bière peut-être ?
— Oh, Willy, dit Alvirah, je suis certaine que M. Rumson ne boit que du meilleur champagne. Il me semble l'avoir lu dans *People*.

– C'est exact, en effet, mais pas maintenant, je vous remercie. »
L'expression de Rumson était plutôt aimable, pourtant Alvirah remarqua une veine qui battait sur sa gorge.
« Où pourrais-je contacter votre neveu ?
– Il devrait arriver d'une minute à l'autre. Vous pouvez l'attendre ici, à moins que vous ne préfériez rentrer chez vous et que je vous prévienne de son arrivée. »
Choisissant la deuxième solution, Rumson se leva et se dirigea vers la porte. « Je lis très vite. Si vous voulez bien me faire porter le manuscrit, je pourrai en discuter avec Brian ensuite. » Sitôt Rumson parti, Alvirah se tourna vers Willy. « Qu'en penses-tu ?
– J'en pense que pour un caïd[1] de la production, il a les nerfs en pelote. J'ai horreur des gens qui pianotent sur les tables. Cela me met mal à l'aise.
– Bon, il était sûrement aussi mal à l'aise que toi, et je n'en suis pas surprise. »
Alvirah adressa à son mari un sourire mystérieux.
Moins d'une minute plus tard, la sonnerie retentit une deuxième fois. Alvirah alla en courant ouvrir la porte et trouva Emmy Laker sur le seuil, des mèches de cheveux roux s'échappant de son chignon, le visage à moitié dissimulé derrière des lunettes noires, sa jolie silhouette moulée dans un T-shirt et une jupe de coton semblable à un tourbillon de couleurs. Elle avait l'air d'avoir seize ans.
« Cet homme qui vient de sortir, balbutia-t-elle, qui est-ce ?

---

1. Un personnage important.

Le Cadavre dans le placard

— Carlton Rumson, le producteur, répondit vivement Alvirah. Pourquoi ?
— Parce que... »
Emmy retira ses lunettes, dévoilant ses yeux gonflés.
Alvirah posa deux mains solides sur les épaules de la jeune fille. « Emmy, qu'y a-t-il ?
— Je ne sais pas quoi faire, gémit Emmy. Je ne sais vraiment pas quoi faire. »

Carlton Rumson regagna son appartement. Des gouttes de transpiration perlaient à son front. Alvirah Meehan n'était pas stupide. Cette remarque à propos du champagne n'avait pas été innocente. Que soupçonnait-elle réellement ?
Victoria se tenait sur la terrasse, les mains à peine posées sur la balustrade. Il s'approcha d'elle avec précaution. « Pour l'amour du ciel, n'as-tu pas lu les écriteaux ? Une simple poussée et ce truc-là s'effondre. »
Victoria était vêtue d'un pantalon blanc et d'un pull tricoté assorti. Dommage, songea Rumson avec aigreur, qu'un journaliste ait un jour écrit qu'avec sa blondeur exquise Victoria Rumson ne devrait jamais porter autre chose que du blanc. Elle avait suivi ce conseil à la lettre. À elles seules, ses notes de teinturier auraient suffi à mettre un autre homme que lui sur la paille.
Elle se tourna tranquillement vers lui. « J'ai remarqué qu'à la moindre contrariété, tu t'en prends toujours à moi. Savais-tu

que Fiona Winters se trouvait dans cet immeuble ? Ou y était-elle venue à ta demande ?

— Vic, je n'ai pas revu Fiona depuis bientôt deux ans. Si tu ne me crois pas, tant pis pour toi.

— L'essentiel est que tu ne l'aies pas vue hier, chéri. J'ai entendu dire que la police pose quantité de questions. On découvrira inévitablement qu'elle et toi alimentiez la chronique – comme le disent les journalistes. Oh, après tout, je suis persuadée que tu vas gérer tout ça avec ton sang-froid habituel. En attendant, t'es-tu occupé de la pièce de Brian McCormack ? J'ai une de mes fameuses intuitions à ce propos, tu sais. »

Rumson s'éclaircit la voix. « Alvirah Meehan doit m'en faire parvenir un exemplaire cet après-midi. Et après l'avoir lue, je descendrai en discuter avec Brian.

— J'aimerais la lire également. Et je t'accompagnerai peut-être ensuite. Je suis curieuse de voir comment une femme de ménage décore son intérieur. » Victoria Rumson passa son bras sous celui de son mari. « Mon pauvre chéri. Pourquoi es-tu si nerveux ? »

Quand Brian entra précipitamment dans l'appartement, son manuscrit sous le bras, il trouva Emmy allongée sur le divan, recouverte d'un léger plaid[1]. Alvirah referma la porte derrière lui, le regarda s'agenouiller auprès d'Emmy et l'entourer de ses

---

1. Couverture de lainage écossais.

bras. « Je vais à côté, vous pourrez parler tranquillement tous les deux », annonça-t-elle.

Dans la chambre, elle trouva Willy en train de sortir des vêtements de la penderie.

« Laquelle, chérie ? » Il tenait devant lui deux vestes de sport.

Le front d'Alvirah se plissa. « Tu veux avoir l'air élégant, mais pas trop, à la soirée que donne Pete pour son départ à la retraite ? Mets la bleue avec une chemise sport blanche.

– Je n'ai pas envie de te laisser ce soir, protesta Willy.

– Il n'est pas question que tu fasses faux bond à Pete, dit Alvirah d'un ton ferme. Et, Willy, laisse-moi te commander une voiture avec chauffeur.

– Mon chou, nous dépensons une fortune pour garer notre voiture dans l'immeuble. À quoi bon jeter l'argent par les fenêtres ?

– D'accord, mais si t'amuses un peu trop, promets-moi de ne pas conduire au retour. Dors dans notre ancien appartement. Tu sais ce qui arrive quand tu retrouves ta bande de vieux copains. »

Willy sourit d'un air penaud. « Tu veux dire que si je chante *Danny Boy* plus de deux fois, c'est le signal fatal ?

– Exactement.

– Chérie, je suis tellement vanné après ce voyage et les événements d'hier soir, que je préférerais franchement boire une ou deux bières avec Pete et rentrer.

– Ce ne serait pas gentil. À la réception que nous avons donnée après avoir gagné à la loterie, Pete est resté jusqu'à l'heure où l'autoroute commence à être bloquée le matin. Viens maintenant, il faut que nous parlions à ces enfants. »

Dans le séjour, Brian et Emmy étaient assis côte à côte, main dans la main.

« Avez-vous fini par tirer les choses au clair ? demanda Alvirah.

– Pas vraiment, répondit Brian. Apparemment, Emmy a passé un mauvais quart d'heure avec Rooney lorsqu'elle a refusé de répondre à ses questions. »

Alvirah s'assit. « Il faut que je sache ce qu'il vous a demandé. »

D'un ton saccadé, Emmy lui relata tout par le menu[1]. Puis elle retrouva une voix plus calme et une attitude plus assurée pour annoncer : « Brian, tu vas être inculpé. Il essaie de me faire dire des choses qui pourraient te porter tort.

– Tu veux dire que tu cherches à me protéger ? » Brian semblait stupéfait. « Mais c'est inutile. Je n'ai rien fait. Je pensais...

– Tu pensais que c'était Emmy qui avait des ennuis », dit Alvirah. Elle s'installa avec Willy sur le canapé en face d'eux. Brian et Emmy étaient assis devant la table de verre qu'elle avait époussetée, effaçant les empreintes de doigts. Les rideaux se trouvaient légèrement sur la droite. Quelqu'un ayant pris place au même endroit aurait eu l'embrasse juste sous les yeux.

« Je vais vous dire une chose à tous les deux, annonça-t-elle. Chacun de vous pense que l'autre est peut-être mêlé à cette affaire – et vous vous trompez. Racontez-moi seulement ce que

---

1. En détail.

vous savez ou croyez savoir. Brian, aurais-tu caché quelque chose concernant la visite de Fiona hier ?
– Rien. Absolument rien.
– Bien. À vous, Emmy. »
Emmy alla jusqu'à la fenêtre. « J'adore cette vue », fit-elle. Elle se tourna ensuite vers Alvirah et Willy et leur raconta l'apparition soudaine de Fiona chez elle : « Hier, lorsque Fiona a quitté mon appartement pour rejoindre Brian, je crois que j'ai un peu perdu la tête. Brian lui avait été terriblement attaché, je ne pouvais pas supporter l'idée de le voir repartir avec elle. Fiona est – était – le genre de femme capable de séduire un homme d'un seul battement de paupières. J'avais tellement peur qu'elle ne reprenne Brian.
– Je n'ai jamais…, protesta Brian.
– Tais-toi, Brian, ordonna Alvirah.
– Je suis restée assise sur le banc du parc pendant un long moment, continua Emmy. J'ai vu Brian partir. Comme Fiona ne redescendait pas, j'ai pensé qu'il lui avait peut-être demandé de l'attendre. Finalement, j'ai décidé d'avoir une explication avec elle. J'ai emboîté le pas à une femme de ménage qui pénétrait dans l'immeuble par l'entrée des livreurs restée ouverte, et je suis montée par l'ascenseur de service pour éviter qu'on me voie. J'ai sonné à la porte, attendu, sonné encore, puis je suis partie.
– C'est tout ? demanda Brian. Pourquoi as-tu eu peur de le raconter à Rooney ? »
Ce fut Alvirah qui répondit : « Pour la bonne raison qu'en

apprenant la mort de Fiona, elle a pensé que si celle-ci n'avait pas répondu à ses coups de sonnette, c'était peut-être parce que tu l'avais déjà tuée. » Elle se pencha en avant. « Emmy, pourquoi avez-vous posé des questions à propos de Carlton Rumson tout à l'heure ? Vous l'avez vu hier, n'est-ce pas ?

– En m'engageant dans le couloir au moment où je sortais de l'ascenseur de service, je l'ai aperçu qui marchait devant moi, vers l'ascenseur principal. Je me suis dit que je l'avais déjà rencontré quelque part, mais je ne l'ai pas reconnu avant de le revoir il y a quelques instants. »

Alvirah se leva. « Je crois que nous devrions téléphoner à M. Rumson et l'inviter à venir nous rejoindre, et je crois aussi que nous devrions demander à l'inspecteur Rooney de participer à notre petite réunion. Mais avant tout, Brian, donne ton manuscrit à Willy. Il ira le porter immédiatement chez les Rumson. Voyons. Il est presque cinq heures. Willy, tu demanderas à Rumson de nous téléphoner dès qu'il sera prêt à nous le rapporter. »

Le bourdonnement de l'interphone se fit entendre. Willy alla répondre. « C'est Rooney, dit-il. Il veut te voir, Brian. »

Il n'y avait aucune chaleur dans l'attitude de l'inspecteur quand il entra dans l'appartement quelques minutes plus tard. « Brian, dit-il sans préambule, je dois vous demander de me suivre au commissariat afin d'y répondre à quelques questions supplémentaires. On vous a signifié vos droits. Je vous rappelle une fois de plus que tout ce vous direz pourra être retenu contre vous. »

Le Cadavre dans le placard

Alvirah s'interposa. « Il n'ira nulle part. Et avant que vous ne repartiez, inspecteur, j'ai certaines choses intéressantes à vous communiquer. »

Il était près de sept heures lorsque Carlton Rumson téléphona. Alvirah et Willy avaient parlé à Rooney du champagne et des coupes, ainsi que des empreintes sur la table de verre et du fait qu'Emmy avait surpris Carlton Rumson dans le couloir, mais Alvirah aurait juré qu'aucune de ses informations n'impressionnait vraiment l'inspecteur. Il est fermé à tout ce qui ne confirme pas ses spéculations[1] concernant la culpabilité de Brian, se dit-elle.

Quelques minutes plus tard, Alvirah vit avec stupéfaction le couple Rumson entrer dans l'appartement. Victoria Rumson avait le sourire aux lèvres. Quand on lui présenta Brian, elle lui prit les deux mains et s'exclama : « Vous êtes réellement un jeune Neil Simon ! Je viens de lire votre pièce. Félicitations. »

Constatant la présence de l'inspecteur Rooney, Carlton Rumson pâlit. Il bafouilla à l'adresse de Brian : « Je suis sincèrement désolé de vous interrompre en ce moment. Je serai très bref. Votre pièce est excellente. Je veux prendre une option sur elle. Pouvez-vous demander à votre agent de se mettre en contact avec mon bureau dès demain matin ? »

Victoria Rumson se tenait devant la porte de la terrasse. « Vous avez eu raison de ne pas masquer cette vue, dit-elle à

---

1. Ses théories.

Alvirah. Mon décorateur a installé des stores vénitiens[1] et je pourrais aussi bien donner sur un mur. »

Elle a dû avaler ses pilules du bonheur ce matin, pensa Alvirah.

« Je crois que nous devrions nous asseoir ensemble un moment et discuter », suggéra alors Rooney.

Les Rumson lui obéirent à regret.

« Monsieur Rumson, connaissiez-vous Fiona Winters ? » interrogea Rooney.

Alvirah se dit qu'elle avait peut-être sous-estimé l'inspecteur. Son expression était soudain très intense et il se penchait légèrement en avant.

« Mlle Winters a participé à plusieurs des pièces que j'ai produites il y a quelques années », répondit Rumson.

Il avait pris place sur l'un des canapés, près de sa femme. Alvirah remarqua qu'il coulait vers elle des regards inquiets.

« Peu m'importe ce qui s'est passé il y a plusieurs années, le coupa Rooney. C'est la journée d'hier qui m'intéresse. L'avez-vous vue ?

– Absolument pas. »

Au ton tendu de sa voix, Alvirah eut l'impression qu'il était sur la défensive.

« Vous a-t-elle téléphoné d'ici ? demanda-t-elle.

– Madame Meehan, si vous n'y voyez pas d'inconvénient, c'est moi qui poserai les questions, dit l'inspecteur.

---

1. Stores à lamelles orientables.

— Un peu de respect quand vous vous adressez à ma femme », le reprit Willy.

Victoria Rumson tapota le bras de son mari. « Chéri, je pense que tu t'efforces de ménager mes sentiments. Si cette diablesse de Winters continuait de te harceler, ne crains pas de rapporter exactement ce qu'elle voulait. »

Rumson sembla vieillir brusquement sous leurs yeux. Lorsqu'il prit la parole, ce fut d'une voix lasse : « Comme je viens de vous le dire, Fiona Winters a joué dans plusieurs des pièces que j'ai produites. Elle...

— Elle a aussi eu des relations très personnelles avec vous, l'interrompit Alvirah. Vous l'emmeniez souvent au centre de remise en forme de Cypress Point. »

Rumson lui jeta un regard noir. « Je n'ai eu aucune relation avec Fiona Winters depuis des années, dit-il. C'est exact, elle m'a téléphoné hier, il était midi passé. Elle m'a dit qu'elle se trouvait dans l'immeuble et qu'elle avait apporté une pièce à mon intention, elle voulait que je la lise, elle était sûre qu'elle ferait un succès et elle voulait y jouer le rôle principal. J'attendais un appel d'Europe et j'ai accepté de la retrouver ici une heure plus tard.

— Ce qui signifie qu'elle a appelé après le départ de Brian, conclut Alvirah d'un ton triomphant. C'est pour cette raison que les coupes et la bouteille de champagne étaient sorties. Elles vous étaient destinées.

— Êtes-vous entré dans l'appartement, monsieur Rumson ? » demanda Rooney.

À nouveau, Rumson hésita.

« Chéri, dis-le », murmura Victoria Rumson.

N'osant regarder l'inspecteur, Alvirah annonça : « Emmy vous a vu dans le couloir quelques minutes avant une heure de l'après-midi. »

Rumson bondit. « Madame Meehan, je ne tolérerai pas davantage vos insinuations. Je craignais que Fiona ne continue à me harceler si je ne mettais pas les choses au point avec elle une bonne fois pour toutes. Je suis descendu et j'ai sonné. Je n'ai pas obtenu de réponse. La porte n'était pas complètement fermée, je l'ai poussée et j'ai appelé. Puisque j'étais venu jusque-là, autant en terminer, me suis-je dit.

– Êtes-vous entré dans l'appartement ? demanda Rooney.

– Oui. J'ai traversé la pièce où nous sommes, passé la tête dans la cuisine, et jeté un coup d'œil dans la chambre. Fiona n'était nulle part. J'en ai conclu qu'elle avait changé d'avis et ne voulait plus me rencontrer, et je puis vous assurer que j'ai été soulagé. Puis, en entendant les nouvelles ce matin, j'ai tout de suite pensé que son corps se trouvait peut-être dans la penderie alors même que j'étais ici et j'ai craint d'être compromis dans cette histoire. » Il se tourna vers sa femme. « Je le suis bel et bien, mais crois-moi, ce que je viens de dire est l'exacte vérité. »

Victoria effleura sa main. « Il n'est pas question qu'on te mêle à ça. Quel toupet avait cette fille d'imaginer qu'elle obtiendrait le rôle principal de *Nebraska Nights* ! » Elle se tourna vers Emmy. « C'est quelqu'un de votre âge qui devrait jouer le rôle de Diane.

– Ce sera le cas, dit Brian. Je ne lui avais pas encore annoncé. »

Rumson se tourna vers sa femme avec impatience. « Tu veux dire que... ? »

Rooney l'interrompit en refermant son calepin. « Monsieur Rumson, je vais vous demander de m'accompagner au poste de police. Emmy, j'aimerais également que vous fassiez une déposition complète. Brian, nous aurons d'autres questions à vous poser et je vous invite fortement à prendre les conseils d'un avocat.

« Une minute, je vous prie, s'indigna Alvirah. Je vois bien que vous faites davantage confiance à M. Rumson qu'à Brian. » Adieu, l'option sur la pièce, mais ce n'est pas le plus important, pensa-t-elle. « Votre hypothèse est que Brian est parti, puis revenu pour dire à Fiona de débarrasser le plancher, et qu'il l'a alors tuée. Je vais vous dire, moi, comment les choses se sont passées. M. Rumson est descendu ici et s'est disputé avec Fiona. Il l'a étranglée mais s'est montré assez malin pour emporter le manuscrit qu'elle était en train de lui faire lire.

– C'est archifaux ! se récria Rumson.

– Je ne veux plus entendre un seul mot ici, ordonna Rooney. Emmy, monsieur Rumson, Brian – une voiture nous attend en bas. En route. »

Sitôt la porte refermée derrière eux, Willy prit Alvirah dans ses bras. « Chérie, il n'est pas question que j'aille à la soirée de Pete. Je ne veux pas te laisser seule. Tu as l'air près de t'écrouler. »

Alvirah le serra à son tour contre elle. « Non, sûrement pas. J'ai tout enregistré. J'ai besoin d'écouter les bandes et je m'en tire mieux quand je suis seule. Amuse-toi bien. »

L'appartement lui parut affreusement calme après le départ de Willy. Alvirah décida qu'un bon bain dans son jacuzzi éliminerait un peu la raideur de ses membres et lui éclaircirait l'esprit.

Ensuite, elle enfila sa chemise de nuit préférée et le confortable peignoir à rayures de Willy. Elle plaça le magnétophone haut de gamme offert par le rédacteur en chef du *Globe* sur la table de la salle à manger, sortit la minuscule cassette de sa broche, l'inséra dans l'appareil et pressa le bouton de lecture. Elle introduisit une cassette vierge dans sa broche qu'elle agrafa au revers du peignoir, au cas où elle voudrait enregistrer ses propres réflexions. Puis elle s'installa pour écouter ses conversations avec Brian, l'inspecteur Rooney, Emmy et les Rumson.

Il y avait quelque chose dans l'attitude de Carlton Rumson qui la tracassait. Quoi ? Méthodiquement, Alvirah écouta leur premier entretien avec les Rumson. Il était plutôt décontracté ce soir-là, mais quand elle l'avait rencontré par hasard le lendemain, il lui avait paru changé. Il lui avait dit qu'il désirait lire la pièce sans plus attendre. Pourtant Brian disait que Carlton Rumson était extrêmement difficile à contacter personnellement.

Voilà, c'était ça ! Il savait déjà que la pièce était bonne. Mais il ne pouvait pas révéler qu'il l'avait déjà lue.

Le téléphone sonna. Surprise, elle se hâta de décrocher. C'était Emmy.

« Madame Meehan, chuchota-t-elle, ils sont toujours en train d'interroger Brian et M. Rumson, mais je sais qu'ils croient Brian coupable.

– Je viens à la minute de tout comprendre, dit Alvirah d'un ton triomphant. Avez-vous bien observé Carlton Rumson lorsque vous l'avez rencontré dans le couloir ?

– Je crois, oui.

– Alors, vous avez certainement remarqué qu'il tenait un manuscrit à la main, n'est-ce pas ? Or, s'il était vrai, comme il le prétend, qu'il était descendu dans le seul but de rompre avec Fiona, il n'aurait jamais pris ce manuscrit. Mais s'ils en avaient parlé ensemble et qu'il en avait lu une partie avant de la tuer, il serait normal qu'il l'ait emporté. Emmy, je crois avoir trouvé la solution de l'énigme. »

La voix d'Emmy était à peine audible : « Madame Meehan, je suis certaine que Carlton Rumson ne tenait rien à la main lorsque je l'ai vu. Et si jamais l'inspecteur me pose cette question, ma réponse fera du tort à Brian, n'est-ce pas ?

– Il faut leur dire la vérité, répondit Alvirah tristement. Mais ne vous inquiétez pas. Je n'ai pas dit mon dernier mot. »

Dès qu'elle eut raccroché, elle remit en marche le magnétophone et écouta à nouveau les enregistrements. Elle repassa plusieurs fois ses conversations avec Brian. Il y avait quelque chose qui lui échappait dans les propos de son neveu. Quoi ?

Elle finit par se lever, un peu d'air frais lui ferait du bien. Non que l'air de New York fût d'une extrême pureté, songea-t-elle en ouvrant la porte-fenêtre qui donnait sur la terrasse. Cette fois-ci, elle marcha jusqu'à la balustrade et y posa légèrement les doigts. Si Willy était là, il aurait une attaque, pensa-t-elle, mais je ne m'appuierai pas. La contemplation du parc était si apaisante. Le parc. Maman se souvenait toujours avec des larmes aux yeux du jour où elle avait fait de la luge dans le parc. Elle avait seize ans alors, et elle en a parlé jusqu'à la fin de sa vie. C'était son amie Beth qui avait demandé cette faveur pour son anniversaire.

Beth !

Beth !

C'était ça ! Elle se rappelait Brian disant que Fiona Winters voulait jouer le personnage de Diane. Puis Brian s'était repris et avait rectifié : « Je veux dire Beth. » Willy avait demandé de qui il s'agissait, et Brian avait répondu que c'était le nom de l'héroïne de sa nouvelle pièce, qu'il l'avait changé dans la version définitive. Alvirah brancha son micro et s'éclaircit la voix. Mieux vaut noter tout ça, se dit-elle. Mes impressions immédiates me seront très utiles lorsqu'il faudra écrire un article pour le *Globe*.

« Ce n'est pas Carlton Rumson qui a tué Fiona Winters, dit-elle à voix haute, d'un ton affirmatif. Ce ne peut être que sa femme, Vicky "Je-n'y-vois-aucun-mal". C'est elle qui a insisté auprès de Rumson pour qu'il lise la pièce. Elle qui a dit qu'Emmy devrait jouer le rôle de Diane – elle ignorait que Brian avait changé le nom. Et Rumson était sur le point de la corriger, parce qu'il ne connaissait que la seconde version de la pièce. Elle a probablement entendu ce que Fiona disait au téléphone. Elle est descendue ici pendant que Rumson attendait son appel d'Europe. Elle ne voulait pas que Fiona renoue avec Rumson, c'est pourquoi elle l'a tuée, puis elle s'est emparée du manuscrit. Mais c'est la copie qu'elle a lue, pas la dernière version.

– Bien vu, madame Meehan.»

La voix s'était élevée dans son dos, et avant d'avoir pu esquisser un geste, Alvirah sentit des mains puissantes se plaquer contre ses reins. Elle tenta de se retourner quand son corps s'appuya contre la balustrade. Comment Victoria Rumson était-elle entrée ? En un éclair, elle se souvint que la clé de Brian était posée sur la table de l'entrée. Victoria s'en était sans doute saisie.

Rassemblant toute son énergie, elle tenta de repousser son agresseur, mais un coup asséné sur sa nuque l'étourdit. Elle eut la force de pivoter sur elle-même pour faire face à Victoria. Cependant, le coup avait eu l'effet escompté, et Alvirah s'affaissa contre la balustrade. Elle entendit vaguement un craquement, sentit quelque chose céder sous elle, son corps chanceler au-dessus du vide.

La soirée de Pete fut un triomphe. Les vieux copains de Willy se pressaient dans la salle, parmi les odeurs alléchantes de saucisse, de piment, de corned-beef et de chou. On avait ouvert le premier pack de bière et Pete, tout sourire, allait de l'un à l'autre, invitant chacun à boire.

Pourtant, Willy ne parvenait pas à se mettre dans l'ambiance. Un pressentiment le tourmentait, le rongeait, le pressait de rentrer chez lui. Il but sa bière, grignota un sandwich au corned-beef, félicita Pete, et sans même attendre que le chœur entonne *Danny Boy*, il se faufila parmi les invités et remonta dans sa voiture.

En arrivant à l'appartement, il trouva la porte entrebâillée ; immédiatement, un signal d'alarme intérieur se déclencha.

« Alvirah ! » appela-t-il d'un ton inquiet. Puis il aperçut les deux silhouettes sur la terrasse. « Oh, mon Dieu ! » gémit-il, et il s'élança à travers la pièce, criant le nom d'Alvirah.

« Rentre immédiatement, chérie, implora-t-il. Écarte-toi. Éloigne-toi de cette maudite balustrade. »

Puis il comprit ce qui se passait. L'autre femme tentait de pousser Alvirah dans le vide. Il s'avança sur la terrasse au moment où une partie des balustres[1] s'effondraient derrière Alvirah.

Willy fit un pas de plus en direction des deux femmes et perdit connaissance.

Au commissariat, le cœur chaviré en songeant à Brian, Emmy attendait que l'on dactylographie sa déposition. L'inspecteur Rooney avait cru Carlton Rumson quand ce dernier avait dit s'être rendu à l'appartement d'Alvirah et en être reparti, pensant qu'il n'y avait personne. Il était évident que la

---

1. Petites colonnes.

conviction de Rooney était faite, qu'il avait décidé que Brian était l'auteur du meurtre de Fiona.

Comment ne voit-il pas qu'il n'avait aucune raison de la tuer ? Emmy était désespérée. Brian lui avait confié qu'il n'en voulait pas à Fiona d'avoir laissé tomber sa pièce. Au contraire, elle lui avait ainsi révélé quel genre de femme elle était. Oh, je n'aurais pas dû me montrer aussi bouleversée lorsque Fiona a débarqué chez moi hier sans prévenir, se reprocha Emmy. Brian n'aurait jamais renoué avec elle. Mais quand elle avait tenté d'en convaincre l'inspecteur, il lui avait demandé : « Dans ce cas, si vous étiez tellement persuadée que Brian n'éprouvait plus aucun sentiment pour Fiona, pourquoi l'avez-vous suivie jusqu'à l'appartement de sa tante ? »

Emmy se frotta le front. Elle avait si mal à la tête ! Quelques jours plus tôt, Brian lui avait lu sa nouvelle pièce, la consultant sur le nom de l'héroïne. Il pensait changer Diane en Beth.

« Diane est un nom qui a du caractère, avait-il dit. Je vois le personnage comme une femme qui semble d'abord vulnérable, presque mélancolique ; mais à mesure que l'action se déroule, on découvre à quel point elle est forte. Qu'en penserais-tu si je l'appelais Beth au lieu de Diane ?

– Ça me plaît, avait-elle répondu.

– Tant mieux, avait dit Brian, parce que c'est toi qui en es l'inspiratrice, et je veux que son nom te convienne. Je vais le changer dans la version définitive. »

Emmy se redressa et regarda devant elle, oubliant la lumière crue du commissariat, ainsi que le brouhaha et la confusion qui régnaient autour d'elle. *Beth... Diane...*

Bien sûr ! Ce soir, Victoria Rumson m'a dit que je devrais jouer le rôle de Diane. Mais le scénario final, celui qu'elle est censée avoir lu, comportait déjà le nouveau nom. Elle a donc lu la copie de la pièce qui a disparu de l'appartement. Ce qui signifie qu'elle était dans l'appartement avec Fiona. C'est évident, tout concorde. Peut-être la patience de Victoria Rumson à l'égard des incartades de son mari avait-elle fini par s'émousser lorsqu'elle avait failli le perdre, deux ans auparavant – à cause de Fiona Winters !

Emmy se leva d'un bond et s'élança hors du commissariat. Elle devait parler à Alvirah sans perdre une minute. Elle entendit un policier l'interpeller, mais ne répondit pas et héla un taxi.

Arrivée devant l'immeuble, elle passa en trombe devant le portier ébahi et alla droit à l'ascenseur. Elle entendit le cri de Willy au moment où elle se ruait dans le couloir. La porte de l'appartement était ouverte. Elle vit Willy s'avancer en chancelant sur la terrasse, tomber. Puis elle aperçut les silhouettes des deux femmes et comprit ce qui se passait.

D'un bond, Emmy s'élança. Alvirah lui faisait face, oscillant au-dessus du vide. Sa main droite agrippait la partie de la balustrade qui tenait encore en place, mais elle était sur le point de lâcher prise sous les coups redoublés de son assaillante.

Emmy saisit Victoria par le bras et le lui tordit en arrière. Le craquement que firent le reste des balustres en s'écroulant couvrit à peine le hurlement de rage et de douleur de Victoria. La repoussant sur le côté, Emmy saisit Alvirah par la ceinture de sa robe de chambre. Alvirah chancelait. Ses pantoufles glissaient sur le rebord de la terrasse. Son corps vacillait[1], près de basculer trente-trois étages plus bas. Dans un dernier sursaut d'énergie, Emmy la tira en avant et elles retombèrent toutes les deux sur la forme étendue et inconsciente de Willy.

Alvirah et Willy dormirent jusqu'à midi. Lorsqu'ils se réveillèrent enfin, Willy insista pour qu'Alvirah reste au lit. Il alla dans la cuisine, revint un quart d'heure plus tard avec une cruche de jus d'orange, du thé et des toasts. À la seconde tasse de thé, Alvirah retrouva son optimisme naturel.

« Eh bien, heureusement que Rooney a foncé ici à la suite d'Emmy et qu'il a rattrapé Victoria au moment où elle tentait de s'enfuir ! Et sais-tu à quoi je pense, Willy ?

– Je ne sais jamais à quoi tu penses, chérie, soupira Willy.

– Écoute, je te parie que Carlton Rumson va continuer à vouloir produire la pièce de Brian. Tu peux être certain qu'il ne pleurera pas en voyant Victoria aller en prison.

– Tu as sans doute raison. Ils n'avaient pas l'air de tourtereaux.

– Willy, conclut Alvirah, je voudrais que tu parles à Brian. Dis-lui qu'il ferait bien d'épouser cette charmante Emmy avant

---

1. Chancelait, se balançait.

que quelqu'un d'autre ne la lui souffle. » Elle ajouta avec un sourire ravi : « J'ai trouvé un cadeau de mariage qui leur conviendra à merveille, tout un ensemble de meubles laqués blanc. »

BIEN LIRE
- **Page 101 :** Pourquoi Alvirah nettoie-t-elle le désordre laissé dans l'appartement ?
- **Page 119 :** Quel(s) personnage(s) croi(en)t en la culpabilité de Brian ? Et en son innocence ? Et vous, à ce stade du récit ?
- **Page 144 :** Comparez ce dénouement à celui de la nouvelle précédente : quel trait de la personnalité d'Alvirah met-il en avant ?

Après-texte

POUR COMPRENDRE

Étape 1	*Le Billet gagnant* : fâcheuses confidences	146
Étape 2	*Meurtre à Cape Cod* : les démons du passé	148
Étape 3	*Meurtre à Cape Cod* : la comédie du bien contre le mal	150
Étape 4	*Le Cadavre dans le placard* : les dangers de l'infidélité	152
Étape 5	Le système des personnages	154
Étape 6	L'intrigue : enquête… et révélation ?	156
Étape 7	Piéger le lecteur (1) : chronologies	158
Étape 8	Piéger le lecteur (2) : la séduction de la parole	159

GROUPEMENT DE TEXTES

Le roman policier : aux racines du genre 160

INFORMATION/DOCUMENTATION

Bibliographie, centre de documentation, Internet 166

LE BILLET GAGNANT

FÂCHEUSES CONFIDENCES

1 Quels sont les « ingrédients » habituels d'un roman policier ? En quoi Mary Higgins Clark les utilise-t-elle de façon originale dès les trois premiers paragraphes ?

2 Que sait le lecteur dans cet *incipit* (début de la nouvelle) ? Quelles questions se pose-t-il ? Sur quoi repose le suspense ?

3 Qu'apprend-on d'emblée au sujet de Loretta ? Dressez son portrait physique et moral. Quels sentiments contradictoires est-elle susceptible de faire naître chez le lecteur ?

4 Comment pouvez-vous interpréter la réplique de ce personnage aux lignes 174-176 : « J'ai pas l'intention de perdre mes nouvelles dents. J'en ai encore pour un an à les payer » ?

5 Relevez les principaux écarts de langage de Loretta. Pourquoi un tel choix de la part de Mary Higggins Clark ? Trouvez d'autres exemples de personnages « typés » par leurs discours.

6 Quel portrait de Jimbo Potters se dessine dans les propos des protagonistes et du narrateur ? Quel rôle ce personnage remplit-il dans l'action ?

7 Qui parle aux lignes 86-91 ? Avec le recours à ce type de discours, quels effets l'auteur cherche-t-il à produire sur le lecteur ?

8 Que se passe-t-il entre les lignes 213 et 214 ? À quel moment en avez-vous la confirmation ? Pourquoi ce délai ?

9 Par quels procédés d'écriture le narrateur dramatise-t-il le retour de Wilma à son domicile ?

10 Identifiez et élucidez la figure de style de la ligne 367 : « Le jour du Jugement dernier était arrivé ».

11 À quel moment le lecteur peut-il envisager le dénouement du récit ? Quels en sont les indices ?

12 Quel état mental trahissent les sourires figés de Loretta (p. 31) ? En quoi cela contribue-t-il à rendre le dénouement plus prévisible ?

13 Quelle ruse déstabilise Loretta et la pousse à rendre le billet gagnant à ses propriétaires légitimes ? Que redoute-t-elle précisément ? Justifiez votre réponse en citant le texte.

14 La ruse de Wilma vous paraît-elle morale ? Pourquoi ?

15 Quels traits de caractère du couple Bean se lisent dans la description de leur maison et de leur quartier ?

Écrire

16 Récrivez les propos des lignes 113 à 120, en changeant le niveau de langue familier en un niveau soutenu.

17 Relevez les verbes de parole utilisés dans la nouvelle, et classez-les selon leur intensité sonore (du plus faible au plus fort).

18 Quelle est la valeur du pronom « on » à la ligne 31 ? Remplacez-le par un mot équivalent.

Chercher

19 Qui est l'auteur de « l'histoire de Perrette et du pot de lait » (l. 509) ? Lisez-la, puis reformulez sa morale.

20 Comment appelle-t-on une nouvelle qui donne son titre au recueil ? Recherchez l'étymologie de ce mot.

21 Définissez chacun des termes suivants, en mettant en avant leurs nuances de signification : *vrai, vraisemblable, fictif, irréel*. Lequel vous paraît le plus approprié pour qualifier le dénouement de cette nouvelle ?

À SAVOIR — DU BON USAGE DE LA LANGUE

Langue écrite et *langue orale* relèvent de pratiques différentes : la première, parce qu'elle suppose un certain délai entre le moment de l'écriture et le moment de la lecture, utilise le plus souvent des phrases longues et complexes, respectueuses de la grammaire ; la seconde, parce qu'elle est immédiate, recourt plus volontiers à des phrases simples et émaillées de fautes (suppression de la négation *ne*, ruptures de construction syntaxique). La frontière entre les deux est bien sûr très perméable, le style parlé s'immisçant régulièrement dans la prose écrite. Bien des puristes de la langue ont reproché aux auteurs de romans policiers – parmi lesquels Mary Higgins Clark – de transgresser les codes écrits en recourant à une syntaxe et un vocabulaire simples, voire familiers.

Ces deux derniers éléments permettent également de caractériser le *niveau de langue*. On distingue traditionnellement trois niveaux, variables selon le degré de familiarité entre les interlocuteurs et selon le cadre socio-culturel du locuteur : soutenu (*épeurer*), courant (*faire peur*), familier ou populaire (*fiche les jetons*, ligne 548).

MEURTRE À CAPE COD

LES DÉMONS DU PASSÉ

Lire

1 Le titre correspond-il au contenu ? Proposez-en un autre.

2 Comment Alvirah observe-t-elle l'arrivée de Cynthia Lathem ? À travers cet examen, que révèle-t-elle sur elle-même ? À quel type de personnage vous fait-elle penser ?

3 En vous aidant de l'encadré « À savoir », justifiez le recours au présent à la ligne 91.

4 Après avoir dressé, de façon aussi précise que possible, le portrait de Stuart Richards, dites si sa mort est susceptible de faire naître chez le lecteur un réel sentiment de compassion. Pourquoi ?

5 Quel concours de circonstances rend le meurtre de ce personnage possible (aidez-vous si nécessaire de la seconde partie de la nouvelle) ? Comment appelle-t-on ce type de crime ?

6 À quel moment le doute sur l'éventuelle culpabilité de Cynthia est-il levé pour le lecteur ? Comment ? Dès lors, sur quoi repose le suspense ?

7 Caractérisez les phrases des lignes 189-190 ; en quoi leur rythme mime-t-il l'horreur qui envahit Cynthia ?

8 Quelle est la valeur grammaticale du terme *comme* dans « comme elle le faisait lorsqu'elle était enfant » (l. 225 et l. 239) ? Pourquoi cette expression est-elle répétée ? Quel sentiment fait-elle naître chez le lecteur ?

9 Justifiez le choix du point de vue adopté des lignes 444 à 543 : quel aspect de la personnalité de Cynthia est privilégié dans le texte ? Dans quel but ?

10 Justifiez l'emploi de l'italique aux lignes 602-603 : qui parle ? de qui ? Comment pouvez-vous expliquer les variations de niveau de langue ? Qu'est-ce que ces phrases révèlent de l'état d'esprit du personnage ?

11 Explicitez le rapport logique qui unit les lignes 511 et 512 : que comprenons-nous d'emblée sur les liens qui unissent Cynthia et Jeff Knight ? Quand cette intuition est-elle confirmée ?

12 En quoi l'enquête menée par la jeune femme est-elle aussi une quête ?

13 Quelle critique de la société recèle le début de la nouvelle ? Développez votre réponse en citant précisément le texte.

Écrire

14 Imaginez la page que le mystérieux témoin aurait pu écrire le soir du meurtre si cette femme avait réellement tenu un journal intime. Votre texte respectera les indications fournies par Cynthia.

15 Récrivez les lignes 577 à 587 au style indirect libre.

16 Vous êtes l'avocat en charge de la défense de Cynthia : rédigez le plaidoyer que vous prononceriez pour tenter d'obtenir l'acquittement de votre cliente. Votre texte exploitera les éléments fournis par le narrateur et la jeune femme.

Chercher

17 À l'aide d'un dictionnaire, précisez la signification de *knight* en anglais. Pourquoi l'auteur a-t-il choisi de baptiser ainsi le fiancé de Cynthia ?

18 Donnez le sens de ces expressions et locutions latines : *ad hoc, hic et nunc, sine die, ecce homo, urbi et orbi, ipso facto, sui generis*.

À SAVOIR — LES DISCOURS RAPPORTÉS

Il existe différents procédés pour faire connaître les paroles d'un personnage.

• Le *discours direct* reproduit, tels quels et intégralement, les propos qui ont été tenus. Ses caractéristiques sont la présence d'un verbe de parole et d'une typographie particulière (tirets, guillemets), ainsi que le respect du système d'énonciation. Il permet à l'auteur de restituer toute la verve langagière de ses personnages.

• Le *discours indirect* subordonne les propos tenus à un verbe principal, synonyme plus ou moins proche de « dire », et transpose les pronoms, les temps et les repères spatio-temporels (*cf.* lignes 59-60).

• Le *discours indirect libre* n'est pas soumis à la subordination d'un verbe introducteur et restitue les intonations du discours direct ; il subit aussi les transpositions du discours indirect (temps, personnes, repères spatio-temporels) – *cf.* lignes 550-551 : « Où avait-elle le plus de chances d'en trouver ? ».

• Le *discours narrativisé* s'intègre parfaitement à la narration et suggère le contenu des propos (lignes 677 à 679, par exemple).

MEURTRE À CAPE COD

LA COMÉDIE DU BIEN CONTRE LE MAL

Lire

1 Pourquoi Alvirah est-elle « tellement sûre que Lillian est dans le coup » (l. 838) ? Sur quelle question classique a-t-elle fondé son raisonnement ?

2 Par quels procédés Cynthia et Alvirah parviennent-elles à faire admettre à Creighton la véracité de leurs dires ?

3 Relevez le champ lexical du théâtre qui parsème la nouvelle : que révèle-t-il sur les personnages ? Qui manque de crédibilité dans le rôle qu'il joue ? Qui, au contraire, se montre particulièrement brillant (plusieurs réponses attendues) ? Quelles en sont les conséquences pour ces personnages ?

4 Étudiez le thème et la fonction des regards dans l'épisode de l'entretien entre Lillian et sa demi-sœur.

5 Lillian est à la fois proche de Ned Creighton et différente : en quoi ?

6 Vous attendiez-vous à la survenue de Jeff Knight le soir même ? Quels indices pouvaient vous permettre de le deviner ?

7 En quoi ce personnage diffère-t-il foncièrement de Willy ? Sur quoi se rejoignent-ils néanmoins ?

8 Analysez l'humour qui évite à la scène d'aveu amoureux (l. 926-968) d'être trop mélodramatique. Trouvez d'autres touches humoristiques dans le texte. À votre avis, pourquoi Mary Higgins Clark y a-t-elle fréquemment recours ?

9 Quel nouveau concours de circonstances rend la tentative d'assassinat d'Alvirah possible ? Quelles sont les deux raisons pour lesquelles l'héroïne en réchappe ?

10 En admettant qu'Alvirah n'ait pas survécu à la tentative d'assassinat dont elle a été la victime, les coupables auraient-ils été démasqués ? Pourquoi ?

11 Observez l'évolution des conditions météorologiques dans cette deuxième partie de la nouvelle : quelle est leur portée symbolique ?

12 Finalement, pourquoi Alvirah est-elle venue en aide à Cynthia dans sa quête de la vérité ? Ses motivations sont-elles les mêmes à la fin de la nouvelle ?

Écrire

13 Rédigez l'article qu'Alvirah enverrait au *New York Globe* au terme de l'enquête, dont vous retracerez les grandes étapes. Vous émaillerez votre prose de quelques remarques acerbes sur les personnages antipathiques, et n'oubliez pas de lui donner un titre. Votre entrée en matière sera celle rédigée par Alvirah avant la tentative d'assassinat (page 75).

14 Vous avez été le témoin d'une altercation : faites-en le récit en restant le plus objectif possible.

Chercher

15 Lisez attentivement l'encadré « À savoir » ci-dessous : à quel type de policier assimileriez-vous cette nouvelle ? Justifiez votre réponse.

16 Identifiez le mode et le temps verbal employés à la ligne 675 (« après que le maître d'hôtel les eut accompagnées »). Justifiez cet emploi.

> **À SAVOIR**
>
> **LES DIFFÉRENTS TYPES DE ROMAN POLICIER**
>
> Aussi insaisissable le genre soit-il, on distingue traditionnellement trois types de roman policier.
>
> • Le *roman à énigme*. Appelé aussi roman-problème, roman-rébus ou *whodunit* (de l'anglais *Who done it ?*, « Qui a tué ? »), il est conçu comme un jeu intellectuel entre l'auteur et le lecteur : son cheminement est binaire, allant du mystère à l'élucidation du mystère, par le moyen d'une enquête – ce qui explique que la parole ait une place souvent plus importante que l'action. Doté d'un charme rétro, il s'apparente volontiers à une tragédie classique, avec ses affrontements verbaux et l'omniprésence de la réflexion.
>
> • Le *roman noir*. Il reflète la violence du monde réel, où bien et mal ne sont plus guère distincts, et est porteur d'un discours critique, voire contestataire, sur la réalité sociale. Riche en action, il est centré sur la figure du « privé », à la moralité souvent douteuse, qui risque sa vie au milieu de voleurs et d'assassins. La rapidité de l'action, le style oral et la société violente qui y est décrite font qu'il est fréquemment adapté au cinéma.
>
> • Le *roman à suspense*. Il peut être défini comme le « roman de la victime » : il met généralement en scène un personnage placé dans une situation de danger, et joue machiavéliquement du compte à rebours, de la tension dramatique, de l'attente et de la chute. Le lecteur voit tout mais ne peut agir, devenant à son tour impliqué à sa façon dans le crime – situation de malaise accrue par un tempo de plus en plus rapide, de plus en plus fiévreux. Lorsque l'action prime sur l'enquête, on parle aussi de *thriller*.

LE CADAVRE DANS LE PLACARD
LES DANGERS DE L'INFIDÉLITÉ

Lire

1 Dans le titre, commentez le choix de l'article « le » pour définir « cadavre ».

2 Quand l'action se déroule-t-elle ? Relevez un champ lexical à l'appui de votre réponse. Quelle est, selon vous, la valeur symbolique de ce cadre temporel ?

3 Après avoir dressé le portrait de Fiona Winters, récapitulez quels sont les personnages susceptibles, dès le début de la nouvelle, d'avoir orchestré sa mort.

4 En particulier, rappelez les différents indices qui poussent l'inspecteur Rooney à suspecter Brian Mc Cormack du meurtre.

5 Commentez l'emploi du présent à la ligne 300 (« Cette fille dont Brian est amoureux fou ») : en quoi est-il destiné à piéger le lecteur ?

6 Quels arguments Alvirah avance-t-elle pour prouver l'innocence de son neveu ? Et vous, aviez-vous d'abord cru à sa culpabilité ? Pourquoi ?

7 Étudiez le comportement de Rumson lors de sa deuxième apparition et expliquez-le. Selon vous, quelles hypothèses Alvirah et le lecteur peuvent-ils faire sur le personnage ? Relevez, à la page 125, un passage au discours indirect libre susceptible de les confirmer dans cette voie.

8 En quoi les agissements d'Emmy Laker peuvent-ils faire croire à Brian qu'elle est mêlée au meurtre ?

9 Quel est le seul personnage à n'être pas interrogé par le policier ? Pourquoi ce choix de la part du narrateur ?

10 À quel moment Alvirah a-t-elle la révélation de l'identité du véritable meurtrier ? Qui aboutit à la même conclusion ? En quoi est-ce important pour la suite de l'histoire ?

11 Quel mobile a poussé le meurtrier à commettre l'irréparable ? Comment appelle-t-on ce type de crime ?

12 En vous aidant de l'encadré « À savoir », trouvez quelles caractéristiques rapprochent ce texte d'un fait divers, et ce qui l'en éloigne.

Écrire

13 À partir des éléments disséminés dans la nouvelle, rédigez le portrait d'Alvirah telle que pourraient la voir : Victoria Rumson, l'inspecteur Rooney, Emmy Laker.

14 « La curiosité est un vilain défaut » : en quoi cet adage populaire s'applique-t-il à Alvirah ? Vous semble-t-il pertinent ?

15 Êtes-vous intéressé(e) par ce que l'on appelle le « fait divers » et par la presse qui s'en fait l'écho ? Votre réponse sera argumentée et nourrie d'exemples précis.

Chercher

16 Qu'appelle-t-on un « don Juan » (l. 122) ? Comment s'appelle cette figure de style ? Citez au moins deux auteurs qui ont mis en scène ce personnage.

17 Donnez le pluriel des noms composés suivants : « un gratte-ciel » (l. 11), « un haut-parleur », « un après-midi », « une tragi-comédie », « un porte-monnaie », « un grille-pain ». À quelle règle leur accord obéit-il ?

18 Quelle distinction la langue française établit-elle entre les adjectifs « deuxième » (l. 127) et « second » ?

LE FAIT DIVERS

L'intérêt des romanciers pour les faits divers n'est pas un phénomène nouveau : qu'on se souvienne des grands auteurs du XIXe siècle, qui se sont souvent appuyés sur une anecdote pour bâtir leurs intrigues. Après Stendhal (*Le Rouge et le Noir*) et Flaubert (*Madame Bovary*), Sartre au XXe siècle (*Le Mur*) ou Camus (*Le Malentendu*) ont eux aussi puisé leur inspiration dans l'actualité la plus immédiate. Dans *La Force de l'âge*, Simone de Beauvoir explique cet « ardent intérêt pour le fait divers » : « On y retrouvait exagérées, épurées, dotées d'un saisissant relief, les attitudes et les passions des gens qu'on appelle normaux. » Ce goût des sensations fortes est allé sans cesse croissant, devenant même, selon le sociologue Jean Baudrillard, une véritable « mythologie » de notre « société de consommation ». Si l'anecdote romancée est aujourd'hui omniprésente en littérature, singulièrement dans les romans policiers, c'est souvent au détriment d'une réflexion approfondie sur le cœur humain. Il appartient alors au romancier de récuser la tyrannie du fait divers et de donner une dimension littéraire à son projet, via le style, la construction narrative, ou encore le relief donné aux personnages – en bref, de faire d'un fait de société une aventure personnelle.

LE SYSTÈME DES PERSONNAGES

Lire

1 Relevez les éléments lexicaux attachés au portrait de Lillian Stuart dans *Meurtre à Cape Cod*. S'agit-il d'un éloge ou d'un blâme ? Justifiez votre réponse.

2 En vous appuyant sur les images du texte, dites en quoi le portrait de la mystérieuse femme rousse s'apparente à une caricature. Quel type de personnage évoque-t-elle ?

3 Dressez le portrait psychologique de Victoria Rumson dans *Le Cadavre dans le placard* : qu'incarne-t-elle ? À quel autre personnage de la nouvelle fait-elle penser ?

4 Relevez les différentes figures féminines qui apparaissent dans les nouvelles : quel trait de caractère partagent-elles toutes ? Classez-les selon le degré de sympathie qu'elles inspirent ; quels traits physiques et moraux rapprochent les plus antipathiques d'entre elles ?

5 Alvirah et son mari se moulent-ils parfaitement dans leur nouveau milieu social ? Relevez, au fil des deux nouvelles les mettant en scène, tous les indices qui trahissent leurs origines modestes : alimentation, langage, attitude, goûts vestimentaires, etc.

6 Quel intérêt présente pour le lecteur le retour de ces deux personnages d'une nouvelle à l'autre ?

7 En vous aidant d'au moins deux exemples, montrez que Willy n'a rien d'un homme héroïque. S'il est inutile à l'action, quel peut être son rôle aux yeux du lecteur ?

8 De manière générale, quelle image les nouvelles donnent-elles des hommes ? Justifiez votre réponse en caractérisant chacun d'entre eux (traits moraux et physiques).

Écrire

9 Diriez-vous des nouvelles de Mary Higgins Clark qu'elles sont féministes ? Votre réponse sera argumentée et étayée d'exemples précis.

10 Vous êtes acteur et vous devez choisir d'incarner l'un des personnages des nouvelles. Vous écrivez au metteur en scène une lettre dans laquelle vous lui expliquez dans quelle mesure le personnage que vous choisissez est intéressant à incarner. Votre texte sera construit, argumenté, étayé d'exemples, et répondra aux contraintes du genre épistolaire (date, adresse au destinataire, etc.).

Chercher

11 Quel auteur du XIXe siècle a, le premier, eu l'idée de faire réapparaître, d'un roman à l'autre, certains personnages ?

À SAVOIR

LE PORTRAIT

Le XVIIe siècle lança un débat : de la littérature ou de la peinture, lequel était l'art le plus beau et le plus noble ? Et de trancher en faveur de la littérature, en prenant l'exemple du portrait : la peinture pouvait montrer l'extérieur, mais la littérature seule pouvait révéler l'âme. Si bien que, durant tout l'âge classique, l'essentiel des portraits, en littérature, était psychologique. Ce principe était sous-tendu par l'imprégnation religieuse : le masque de la face est un mensonge satanique. La vérité est intérieure.

Vers la fin du XVIIIe siècle, en même temps que s'amorce la déchristianisation, le réalisme se fraie un chemin en littérature, par le biais du roman picaresque imité des Espagnols : quelques notations physiques, souvent conventionnelles, s'ajoutent au portrait moral.

Le grand tournant a lieu au début du XIXe siècle. Un médecin suisse, Lavater, invente la *physiognomonie*, pseudo-science de la psychologie telle qu'elle est supposée se lire à travers les traits du visage. Pour infondée qu'elle soit, cette science alimente toute la littérature réaliste — Balzac au premier chef. La théorie médicale des humeurs s'y ajoute dans le roman naturaliste à la Zola, où les personnages sont décrits en fonction de leur tempérament dominant (sanguin, mélancolique, etc.), générant des traits caractéristiques. Enfin, d'Angleterre arrive la technique de Dickens, qui préconise l'ajout d'un trait distinctif (un tic, une moue, une cicatrice), permettant selon lui de caractériser rapidement un personnage, et au public de le mémoriser. Les auteurs de romans-feuilletons de la fin du siècle de veine policière (Leroux, Leblanc) usent et abusent des combinaisons héritées de leurs devanciers.

Dès lors, selon que le psychologique l'emporte sur le physiologique, ou que la description du corps est chargée d'exprimer les sentiments, on classe les romanciers en « classiques » ou en réalistes supposés « modernes » — Mary Higgins Clark, par exemple.

L'INTRIGUE : ENQUÊTE... ET RÉVÉLATION ?

Lire

1 Classez les nouvelles selon le degré de surprise provoqué par le dénouement (du plus attendu au plus original). À quel moment aviez-vous anticipé chacun d'entre eux ?

2 Qui mène l'enquête dans chaque nouvelle ? Dans quelle(s) nouvelle(s) l'identité du coupable n'est-elle pas problématique ? Peut-on alors parler de « révélation » ? En quoi réside la difficulté de l'enquêteur ?

3 L'argent est le dénominateur commun de ces textes : quelles réactions provoque-t-il dans la conscience des personnages qui le convoitent ? Quels réseaux symboliques (passion, pouvoir, etc.) s'organisent autour de ce thème central ?

4 Mary Higgins Clark ne dédaigne pas les lieux communs pour construire ses nouvelles. Montrez-le en en relevant au moins deux (personnages, cadre spatio-temporel, mobile, etc.). Selon vous, cela affaiblit-il ses nouvelles ?

Écrire

5 Les dénouements sauvent la morale. Prouvez-le, et proposez une autre fin pour l'une des trois nouvelles.

6 À partir d'un fait divers de votre choix, vous rédigerez une nouvelle policière de deux à trois pages. Votre récit sera cohérent et exploitera les ficelles traditionnelles du genre policier (crime, victime, suspects, coupable, mobile). Votre histoire sera autant que possible originale et fera rire, sourire ou frissonner le lecteur.

7 Aidez-vous de l'encadré « À savoir » ci-contre pour dire si Mary Higgins Clark respecte les règles de Van Dine. L'idée même de codifier l'écriture d'un roman vous paraît-elle conciliable avec la création littéraire ?

Chercher

8 Associez chacun des détectives suivants à son créateur :

– Les détectives : Sherlock Holmes, Philip Marlowe, Hercule Poirot, Jules Maigret, Rouletabille, le chevalier Dupin.

– Les auteurs : Edgar Allan Poe, Agatha Christie, Conan Doyle, Georges Simenon, Gaston Leroux, Raymond Chandler.

À SAVOIR

POUR COMPRENDRE

DE L'ART DU ROMAN POLICIER

Dans un article paru en 1928, l'écrivain Van Dine présente sa recette pour écrire un bon roman policier. Voici quelques-unes des vingt règles qu'il édicte :

« 1. Le lecteur et le détective doivent avoir des chances égales de résoudre le problème.

3. Le véritable roman policier doit être exempt de toute intrigue amoureuse. Y introduire de l'amour serait, en effet, déranger le mécanisme du problème purement intellectuel.

4. Le coupable ne doit jamais être découvert sous les traits du détective lui-même ou d'un membre de la police.

5. Le coupable doit être déterminé par une série de déductions et non pas par accident, par hasard, ou par confession spontanée. [...]

7. Un roman policier sans cadavre, cela n'existe pas.

8. Le problème policier doit être résolu à partir de moyens strictement réalistes.

9. Il ne doit y avoir, dans un roman policier digne de ce nom, qu'un seul véritable détective.

10. Le coupable doit toujours être une personne qui ait joué un rôle plus ou moins important dans l'histoire, c'est-à-dire que le lecteur connaisse et qui l'intéresse. [...]

12. Il ne doit y avoir qu'un seul coupable, sans égard au nombre d'assassinats commis. Toute l'indignation du lecteur doit pouvoir se concentrer sur une seule âme noire. [...]

14. La manière dont est commis le crime et les moyens qui doivent amener à la découverte du coupable doivent être rationnels et scientifiques.

15. Le fin mot de l'énigme doit être apparent tout au long du roman, à condition, bien entendu, que le lecteur soit assez perspicace pour le saisir.

16. Il ne doit y avoir, dans le roman policier, de longs passages descriptifs, pas plus que d'analyses subtiles ou de préoccupations "atmosphériques". [...]

19. Le motif du crime doit toujours être strictement personnel. Les complots internationaux et les sombres machinations de la grande politique doivent être laissés au roman d'espionnage. »

PIÉGER LE LECTEUR (1)
CHRONOLOGIES

Lire

1 Quel ordre narratif Mary Higgins Clark a-t-elle suivi dans la première nouvelle ? Selon vous, pourquoi ?

2 Relevez dans ce texte les principaux indices temporels, et établissez une chronologie des faits rapportés.

3 Relevez un retour en arrière des pages 35 à 39. Pourquoi ce refus d'un récit linéaire ?

4 Dans *Meurtre à Cape Cod*, retracez la chronologie de la soirée où tout se dénoue. En particulier, combien de temps s'écoule entre la tentative d'assassinat d'Alvirah et l'arrestation des coupables ? Analysez l'effet produit par ce rythme.

5 Dans *Le Cadavre dans le placard*, quelles vitesses de narration l'auteur utilise-t-il ? Quel aspect cela donne-t-il aux événements vécus par les personnages ?

6 Quel est le rôle des sauts de ligne dans les 2e et 3e nouvelles ? À quel procédé cinématographique cet emploi peut-il être assimilé ?

Écrire

7 En vous aidant de l'encadré « À savoir », transformez l'ellipse qui clôt l'avant-dernière séquence (p. 143) en un sommaire de quelques lignes. Vous tiendrez compte des indications fournies par la suite du texte.

Chercher

8 Quelle distinction faites-vous entre le temps de l'histoire et le temps de la narration ?

À SAVOIR — LE TEMPS ROMANESQUE

Le narrateur dispose de plusieurs moyens pour raconter son histoire : il peut jouer sur *l'ordre du récit*, c'est-à-dire ne pas respecter l'ordre chronologique ; il opère alors des retours en arrière, appelés *analepses*, ou des anticipations, appelées *prolepses*.

Il peut également faire varier la *durée de la narration* : s'appesantir sur un événement qu'il juge important, ou au contraire le résumer très brièvement (via un *sommaire*), voire le passer sous silence (il s'agit dans ce cas d'une *ellipse*). Il appartient alors au lecteur de reconstituer l'ordre de la narration ou de combler les vides, en s'interrogeant sur les raisons qui ont motivé ce choix.

Dans tous les cas, il convient d'être attentif aux *repères temporels* : leur multiplication contribue à l'effet de réel – c'est le cas chez Mary Higgins Clark. Au contraire, leur rareté laisse toute la place à l'imaginaire pour se déployer.

PIÉGER LE LECTEUR (2)
LA SÉDUCTION DE LA PAROLE

Pages 9 à 144

Lire

1 Dans *Le Billet gagnant,* comment Ernie Bean réagit-il au larcin commis par Loretta ? Peut-on dire de sa mésaventure qu'elle est « tragique » ?

2 Relevez tous les passages au cours desquels des sculptures d'oiseaux sont brisées. Quel effet cette répétition produit-elle sur le lecteur ? Identifiez alors le registre employé, puis dites quelle est sa fonction.

3 Dans *Meurtre à Cape Cod,* quels sentiments Cynthia Lathem fait-elle naître chez le lecteur ? L. 174 à 243 : quelles sont les caractéristiques du registre pathétique ? et du registre tragique ?

4 Des lignes 964 à 968 (p. 74), d'où provient le comique ?

5 Page 119 (l. 719), qui parle ? à qui ? Quelle est la nature des sentiments exprimés ?

6 Montrez comment l'auteur ôte à ses narrations tout élément superflu.

Écrire

7 Imaginez la lettre qu'un éditeur écrirait à M. H. Clark pour justifier sa volonté de publier le recueil *Le Billet gagnant*. Vous exploiterez des éléments précis des nouvelles et garderez un ton poli, mesuré, et un registre soutenu.

Chercher

8 Lillian estime que sa sœur a monté de toutes pièces une « farce » (p. 78) : après l'avoir défini, vous donnerez des titres d'œuvres qui relèvent de ce genre littéraire.

À SAVOIR — LES REGISTRES COMIQUE, TRAGIQUE ET PATHÉTIQUE

Le mot *registre* traduit les effets que produit une œuvre sur la sensibilité du lecteur : pitié, colère, tristesse, angoisse, etc.

- Le *tragique* exprime la prise de conscience par l'homme des forces qui le dominent et le vouent à la souffrance et à la mort : poids social, fatalité, faute, hérédité... Il doit susciter stupeur et angoisse.
- Le *pathétique* naît du spectacle d'un être confronté à une situation douloureuse (misère, maladie, mort...). Il cherche à provoquer la compassion.
- Le *comique* perçoit le réel à travers des événements qui le déforment et provoquent le rire : situations, gestes, caractères ou effets de langage inattendus. L'éventail de ses intentions est large, du rire à la moquerie via les genres du burlesque, de la parodie, de la satire, de la farce ou de l'humour.

GROUPEMENT DE TEXTES

LE ROMAN POLICIER : AUX RACINES DU GENRE

Les critiques s'accordent à considérer que le premier récit policier accompli est le *Double Assassinat dans la rue Morgue* d'Edgar Allan Poe (1841) ; le « coup de génie » de l'écrivain américain est de sentir que le raisonnement nécessaire à l'élucidation d'un crime possède en lui-même un intérêt dramatique, au point de pouvoir constituer l'essentiel de l'histoire. Par ce biais, la littérature se voit chargée de fournir les instruments capables d'améliorer la connaissance de la société.

Cette volonté traverse les époques, au point qu'il est possible de constater que la démarche intellectuelle d'un Edgar Allan Poe ou d'un Conan Doyle a été appliquée, de façon certes diffuse, par bien des auteurs de la littérature classique universelle. Ainsi l'*Œdipe roi* de Sophocle peut-il être lu comme un récit policier à part entière (texte 3), car tous les ingrédients du genre sont présents : un enquêteur, un meurtrier impuni, des témoins, un expert, etc. Nul hasard d'ailleurs si la célèbre « Série noire » de Gallimard propose dans son catalogue une traduction du mythe, par Didier Lamaison. Le fabuliste Ésope, modèle de La Fontaine (texte 2), exploite lui aussi les ficelles du genre. Enfin, le récit policier se retrouve à l'état embryonnaire chez Homère, dans *L'Odyssée* – et cette fois-ci, c'est Ulysse, « l'homme aux mille ruses », qui en fait les frais (texte 1). On le voit, aux racines du genre, il y a donc l'Antiquité. Les siècles qui suivent ne feront qu'ouvrir de nouvelles voies au récit policier, édictant *in fine* des règles et définissant son fonctionnement.

Le roman policier : aux racines du genre

Homère (~VIIIe siècle av. J.-C.)

L'Odyssée, chant XXIII, trad. du grec ancien par M. Dufour et J. Raison, Flammarion, GF, 1975.

Référence de tous les poètes épiques de l'Antiquité, Homère raconte dans *L'Odyssée* les aventures d'Ulysse, depuis son départ de Troie jusqu'à son retour, dix ans plus tard, dans sa patrie, Ithaque. Dans cet avant-dernier chant, « l'homme aux mille ruses » tombe dans un piège monté par sa femme, résolue à vérifier que l'homme qui se tient face à elle est bien cet époux qu'elle n'a pas vu depuis vingt ans.

La sage Pénélope repartit[1] : « [...] Eh bien, allons, Euryclée, dresse pour lui un lit bien ajusté, hors de la chambre aux murs solides, que lui-même a construite : quand vous aurez porté dehors le lit bien ajusté, garnissez-le en y mettant toisons, couvertures et étoffes brillantes. »

Elle parlait ainsi pour éprouver son mari : mais Ulysse eut un sursaut et dit à sa fidèle compagne : « Femme, tu viens de prononcer là un mot qui m'a blessé au cœur. Qui donc a déplacé mon lit ? C'eût été chose difficile, même pour l'homme le plus habile sans un dieu qui vînt à son aide ; un dieu sans doute qui le voudrait le déplacerait sans peine : mais il n'en est pas ainsi des hommes ; nul mortel au monde, fût-il dans la force de sa jeunesse, ne pourrait aisément le bouger. Il a, dans sa structure, quelque chose de très particulier, ce lit curieusement fait ; c'est moi qui l'ai construit, non un autre. Dans l'enceinte de la cour avait poussé le rejeton d'un olivier aux longues feuilles : il était dru et verdoyant, gros comme une colonne. Tout autour je traçai notre chambre et la bâtis en

---

1. Répondit.

blocs étroitement serrés ; je la couvris d'un bon toit et mis des portes de bois plein, fortement ajustées. Ensuite, je coupai la frondaison[1] de l'olivier aux longues feuilles ; taillant le tronc depuis la racine, je m'appliquai à le bien équarrir[2], l'alignai au cordeau et le façonnai en pied de lit : puis, avec une tarière[3] je le perçai tout autour. Sur ce support, je rabotai toutes les pièces du lit que j'ornai d'appliques en or, en argent, en ivoire ; je tendis enfin une sangle de cuir, toute brillante de pourpre. Voilà cette marque particulière dont je te parlais. Mais je voudrais savoir, femme, si ce lit est encore à sa place ou si quelque homme, pour le porter ailleurs, a coupé l'olivier à sa base. »

Il dit et elle sentit défaillir ses genoux et son cœur ; elle avait reconnu l'exactitude évidente de la description faite par Ulysse : en pleurant, elle courut droit à lui, jeta ses bras au cou d'Ulysse et, lui baisant le front, elle disait :

« Ne te fâche pas contre moi, Ulysse, puisque toujours tu fus le plus sage des hommes. Ah ! les dieux nous ont marqués pour le malheur, eux qui nous envièrent la joie de rester l'un près de l'autre, de goûter ensemble la douceur de nos jeunes années, et parvenir ensemble au seuil de la vieillesse. Eh bien, aujourd'hui n'aie contre moi ni colère ni rancune parce que, te voyant, je ne t'ai d'abord embrassé, comme je le fais en ce moment. Car toujours mon cœur tremblait en ma poitrine que quelque homme ne vînt ici pour me tromper par ses discours. […] Maintenant que tu m'as fourni d'irréfutables preuves, en décrivant ce lit que seuls nous connaissions, toi et moi, avec une seule suivante, Actoris, que mon père m'avait donnée, lorsque je vins ici, et qui gardait les portes de notre chambre aux solides murailles, tu me convaincs et mon cœur se rend, si rebelle qu'il soit. »

---

1. Le feuillage.
2. Le tailler à angles droits.
3. Instrument en forme de vrille servant à faire des trous dans le bois.

Le roman policier : aux racines du genre

Ésope (prob. -VIe s. av. J.-C.)
Fables, trad. Daniel Loayza, Flammarion, GF Bilingue, 2000.

Pour les Grecs, la fable a été fondée par Ésope, évoqué par Aristophane comme une référence de culture populaire. Ses textes, rédigés en prose, sont des récits simples et brefs, qui mettent en scène des animaux pour instruire les hommes. En France, La Fontaine le prendra pour modèle, selon une « imitation originale » ; ainsi de cette fable, reprise dans « Le lion malade et le renard » (*Fables*, livre VI, 14) et inspirée d'une ruse déjà exploitée dans la Bible (Ancien Testament, « Daniel », XIV, 2-21).

Un lion devenu vieux, hors d'état désormais de se procurer sa pâture[1] par la force, estima qu'il fallait jouer de finesse. Il s'installa donc dans une caverne et s'y coucha, feignant d'être malade : ainsi, tous les animaux qui venaient lui rendre visite étaient pris et dévorés. Beaucoup avaient déjà péri quand se présenta le renard, qui l'avait percé à jour. S'arrêtant à bonne distance de la caverne, il prit des nouvelles du lion. « Ça va mal », répondit le lion, qui lui demanda pourquoi il n'entrait pas. « Je l'aurais fait, sans doute », rétorqua le renard, « si je ne voyais beaucoup de traces à l'entrée, mais aucune à la sortie ».

De même, à certains indices, les hommes sensés prévoient le danger et l'évitent.

Sophocle (-496, -406)
Œdipe roi (v. – 430), © Les Belles Lettres, Paris.

Tragédie de la fatalité, *Œdipe roi* exploite la légende bien connue du fils de Laïos, meurtrier de son père et époux de sa

---

1. Sa nourriture.

Le roman policier : aux racines du genre

mère. Tout le génie de Sophocle réside dans la lente découverte faite par le héros de l'atroce vérité. L'extrait suivant se situe au début de la pièce : Œdipe, roi de Thèbes depuis qu'il a résolu l'énigme du Sphinx, veut protéger sa ville accablée par une épidémie. Un oracle lui enjoint de la purifier en chassant l'assassin encore impuni de Laïos. Commence alors une enquête difficile pour trouver le coupable.

CRÉON : Eh bien ! voici quelle réponse m'a été faite au nom du dieu. Sire Phœbos[1] nous donne l'ordre exprès « de chasser la souillure qui nourrit ce pays, et de ne pas l'y laisser croître jusqu'à ce qu'elle soit incurable ».

ŒDIPE : Oui. Mais comment nous en laver ? Quelle est la nature du mal ?

CRÉON : En chassant les coupables, ou bien en les faisant payer meurtre pour meurtre, puisque c'est le sang dont il parle qui remue ainsi notre ville.

ŒDIPE : Mais quel est donc l'homme dont l'oracle dénonce la mort ?

CRÉON : Ce pays, prince, eut pour chef Laïos, autrefois, avant l'heure où tu eus toi-même à gouverner notre cité.

ŒDIPE : On me l'a dit ; jamais je ne l'ai vu moi-même.

CRÉON : Il est mort, et le dieu aujourd'hui nous enjoint nettement de le venger et de frapper ses assassins.

ŒDIPE : Mais où sont-ils ? Comment retrouver à cette heure la trace incertaine d'un crime si vieux ?

CRÉON : Le dieu les dit en ce pays. Ce qu'on cherche, on le trouve ; c'est ce qu'on néglige qu'on laisse échapper.

ŒDIPE : Est-ce en son palais, ou à la campagne, ou hors du pays, que Laoïs est mort assassiné ?

CRÉON : Il nous avait quittés pour consulter l'oracle, disait-il. Il n'a plus reparu chez lui du jour qu'il en fut parti.

---

[1] Il s'agit d'Apollon. Le temple de Delphes, où siège la Pythie qui prononce les oracles, lui est consacré.

Le roman policier : aux racines du genre

ŒDIPE : Et pas un messager, un compagnon de route n'a assisté au drame, dont on pût tirer quelque information ?

CRÉON : Tous sont morts, tous sauf un, qui a fui, effrayé, et qui n'a pu conter de ce qu'il avait vu qu'une chose, une seule...

ŒDIPE : Laquelle ? Un seul détail pourrait en éclairer bien d'autres, si seulement il nous offrait la moindre raison d'espérer.

CRÉON : Il prétendait que Laïos avait rencontré des brigands et qu'il était tombé sous l'assaut d'une troupe, non sous le bras d'un homme.

ŒDIPE : Des brigands auraient-ils montré pareille audace, si le coup n'avait pas été monté ici et payé à prix d'or ?

CRÉON : C'est bien ce que chacun pensa ; mais, Laïos mort, plus de défenseur qui s'offrît à nous dans notre détresse.

ŒDIPE : Et quelle détresse pouvait donc bien vous empêcher, quand un trône venait de crouler, d'éclaircir un pareil mystère ?

CRÉON : Le Sphinx aux chants perfides, le Sphinx, qui nous forçait à laisser là ce qui nous échappait, afin de regarder en face le péril placé sous nos yeux.

ŒDIPE : Eh bien ! je reprendrai l'affaire à son début et l'éclaircirai, moi. Phœbos a fort bien fait – et tu as bien fait, toi aussi – de montrer ce souci du mort. Il est juste que tous deux vous trouviez un appui en moi. Je me charge de la cause à la fois de Thèbes et du dieu. Et ce n'est pas pour des amis lointains, c'est pour moi que j'entends chasser d'ici cette souillure. Quel que soit l'assassin, il peut vouloir un jour me frapper d'un coup tout pareil. Lorsque je défends Laïos, c'est moi-même aussi que je sers. Levez-vous donc, enfants, sans tarder, de ces marches et emportez ces rameaux suppliants. Un autre cependant assemblera ici le peuple de Cadmos[1]. Pour lui, je suis prêt à tout faire, et, si le dieu m'assiste, on me verra sans doute triompher – ou périr.

---

1. Héros légendaire, fondateur de Thèbes.

INFORMATION/DOCUMENTATION

BIBLIOGRAPHIE

- **Œuvres de Mary Higgins Clark**
- Dans la collection « Classiques et contemporains » : *La Nuit du renard*
- Au Livre de Poche :

La Clinique du docteur H.
Un cri dans la nuit
La Maison du guet
Le Démon du passé
Ne pleure pas ma belle
Dors ma jolie
Le Fantôme de Lady Margaret
Recherche jeune femme aimant danser
Nous n'irons plus au bois
Un jour tu verras
Souviens-toi
Ce que vivent les roses
Douce Nuit
Tu m'appartiens
Une si longue nuit
Et nous nous reverrons
Avant de te dire adieu
Toi que j'aimais tant

- **Sur le roman policier**
- Pierre Bayard, *Qui a tué Roger Ackroyd ?*, Éditions de Minuit, 1998 (roman policier sur le roman policier, et réflexion sur le délire d'interprétation).
- Boileau-Narcejac, *Le Roman policier*, Payot, 1964.
- Sous la direction de Jacques Baudou et Jean-Jacques Schleret, *Le Polar*, « Guide Totem », Larousse, 2001.
- Jacques Dubois, *Le Roman policier ou la modernité*, Nathan, 1992.
- Uri Eisenzweig, *Le Récit impossible, forme et sens du roman policier*, Bourgois, 1986.
- Franck Evrard, *Lire le roman policier*, Dunod, 1996.
- Patricia Highsmith, *L'Art du suspense*, Calmann-Lévy, 1987.
- Marc Lits, *Pour lire le roman policier*, De Boeck, 1989.
- Revue *Littérature*, « Le roman policier », n° 49, février 1983.
- Revue *TDC*, « Le roman policier », n° 578, mars 1991 (publications du CNDP).
- André Vanoncini, *Le Roman policier*, « Que sais-je ? », PUF, 1993.

CENTRE DE DOCUMENTATION

BILIPO (Bibliothèque des littératures policières), 48-50, rue du Cardinal-Lemoine, 75005 Paris.

INTERNET

- Site officiel dédié à Mary Higgins Clark (biographie, œuvres, jeux) : http://www.m-higgins-clark.com

- Les héroïnes féminines dans l'œuvre de Mary Higgins Clark :
http ://djoach.free.fr
- L'historique du polar :
http ://www.polars.org
- Le récit policier d'expression française au xxe siècle :
http ://www.multimania.com/bernadac

Dans la collection

Classiques & Contemporains

SÉRIES COLLÈGE ET LYCÉE

1. **Mary Higgins Clark,** *La Nuit du renard*
2. **Victor Hugo,** *Claude Gueux*
3. **Stephen King,** *La Cadillac de Dolan*
4. **Pierre Loti,** *Le Roman d'un enfant*
5. **Christian Jacq,** *La Fiancée du Nil*
6. **Jules Renard,** *Poil de Carotte* (comédie en un acte), suivi de *La Bigote* (comédie en deux actes)
7. **Nicole Ciravégna,** *Les Tambours de la nuit*
8. **Sir Arthur Conan Doyle,** *Le Monde perdu*
9. **Poe, Gautier, Maupassant, Gogol,** *Nouvelles fantastiques*
10. **Philippe Delerm,** *L'Envol*
11. *La Farce de Maître Pierre Pathelin*
12. **Bruce Lowery,** *La Cicatrice*
13. **Alphonse Daudet,** *Contes choisis*
14. **Didier van Cauwelaert,** *Cheyenne*
15. **Honoré de Balzac,** *Sarrazine*
16. **Amélie Nothomb,** *Le Sabotage amoureux*
17. **Alfred Jarry,** *Ubu roi*
18. **Claude Klotz,** *Killer Kid*
19. **Molière,** *George Dandin*
20. **Didier Daeninckx,** *Cannibale*
21. **Prosper Mérimée,** *Tamango*
22. **Roger Vercel,** *Capitaine Conan*
23. **Alexandre Dumas,** *Le Bagnard de l'Opéra*
24. **Albert t'Serstevens,** *Taïa*
25. **Gaston Leroux,** *Le Mystère de la chambre jaune*
26. **Éric Boisset,** *Le Grimoire d'Arkandias*
27. **Robert Louis Stevenson,** *Le Cas étrange du Dr Jekyll et de M. Hyde*
28. **Vercors,** *Le Silence de la mer*
29. **Stendhal,** *Vanina Vanini*

30 Patrick Cauvin, *Menteur*
31 Charles Perrault, Mme d'Aulnoy, etc., *Contes merveilleux*
32 Jacques Lanzmann, *Le Têtard*
33 Honoré de Balzac, *Les Secrets de la princesse de Cadignan*
34 Fred Vargas, *L'Homme à l'envers*
35 Jules Verne, *Sans dessus dessous*
36 Léon Werth, *33 Jours*
37 Pierre Corneille, *Le Menteur*
38 Roy Lewis, *Pourquoi j'ai mangé mon père*
39 Charles Baudelaire, *Les Fleurs du Mal*
40 Yasmina Reza, *« Art »*
41 Émile Zola, *Thérèse Raquin*
42 Éric-Emmanuel Schmitt, *Le Visiteur*
43 Guy de Maupassant, *Les deux Horla*
44 H. G. Wells, *L'Homme invisible*
45 Alfred de Musset, *Lorenzaccio*
46 René Maran, *Batouala*
47 Paul Verlaine, *Confessions*
48 Voltaire, *L'Ingénu*
49 Sir Arthur Conan Doyle, *Trois Aventures de Sherlock Holmes*
50 *Le Roman de Renart*
51 Fred Uhlman, *La lettre de Conrad*
52 Molière, *Le Malade imaginaire*
53 Vercors, *Zoo ou l'assassin philanthrope*
54 Denis Diderot, *Supplément au Voyage de Bougainville*
55 Raymond Radiguet, *Le Diable au corps*
56 Gustave Flaubert, *Lettres à Louise Colet*
57 Éric-Emmanuel Schmitt, *Monsieur Ibrahim et les fleurs du Coran*
58 George Sand, *Les Dames vertes*
59 Anna Gavalda, Dino Buzzati, Julio Cortázar, Claude Bourgeyx, Fred Kassak, Pascal Mérigeau, *Nouvelles à chute*
60 Maupassant, *Les Dimanches d'un bourgeois de Paris*
61 Éric-Emmanuel Schmitt, *La Nuit de Valognes*
62 Molière, *Dom Juan*
63 Nina Berberova, *Le Roseau révolté*
64 Marivaux, *La Colonie* suivi de *L'Île des esclaves*
65 Italo Calvino, *Le Vicomte pourfendu*

66 *Les Grands Textes fondateurs*
67 *Les Grands Textes du Moyen Âge et du XVIe siècle*
68 **Boris Vian,** *Les Fourmis*
69 *Contes populaires de Palestine*
70 **Albert Cossery,** *Les Hommes oubliés de Dieu*
71 **Kama Kamanda,** *Les Contes du Griot*
72 **Bernard Werber,** *Les Fourmis* (Tome 1)
73 **Bernard Werber,** *Les Fourmis* (Tome 2)
74 **Mary Higgins Clark,** *Le Billet gagnant et deux autres nouvelles*
75 *90 poèmes classiques et contemporains*
76 **Fred Vargas,** *Pars vite et reviens tard*
77 **Roald Dahl, Ray Bradbury, Jorge Luis Borges, Fredric Brown,** *Nouvelles à chute 2*
78 **Fred Vargas,** *L'Homme aux cercles bleus*
79 **Éric-Emmanuel Schmitt,** *Oscar et la dame rose*
80 **Zarko Petan,** *Le Procès du loup*
81 **Georges Feydeau,** *Dormez, je le veux !*
82 **Fred Vargas,** *Debout les morts*
83 **Alphonse Allais,** *À se tordre*
84 **Amélie Nothomb,** *Stupeur et tremblements*
85 *Lais merveilleux des XIIe et XIIIe siècles*
86 *La Presse dans tous ses états – Lire les journaux du XVIIe au XXIe siècle*
87 *Histoires vraies – Le Fait divers dans la presse du XVIe au XXIe siècle*
88 **Nigel Barley,** *L'Anthropologie n'est pas un sport dangereux*
89 **Patricia Highsmith, Edgar A. Poe, Guy de Maupassant, Alphonse Daudet,** *Nouvelles animalières*

SÉRIES ANGLAIS

1 **Roald Dahl,** *Three Selected Short Stories*
2 **Oscar Wilde,** *The Canterville Ghost*
3 **Allan Ahlberg,** *My Brother's Ghost*
4 **Saki,** *Selected Short Stories*
5 **Edgar Allan Poe,** *The Black Cat, suivie de The Oblong Box*
6 **Isaac Asimov,** *Science Fiction Stories*
7 **Sir Arthur Conan Doyle,** *The Speckled Band*
8 **Truman Capote,** *American Short Stories*

NOTES PERSONNELLES

NOTES PERSONNELLES

NOTES PERSONNELLES